19.98

FERNANDO LOBO
LATINAS CANDENTES 6

NARRATIVA

DERECHOS RESERVADOS
© 2013 Fernando Lobo

© 2013 Editorial Almadía S.C.
        Avenida Independencia 1001
        Col. Centro, C.P. 68000
        Oaxaca de Juárez, Oaxaca
        Dirección fiscal:
        Calle 5 de Mayo, 16 - A
        Santa María Ixcotel
        Santa Lucía del Camino
        C.P. 68100, Oaxaca de Juárez, Oaxaca

www.almadia.com.mx

Primera edición: mayo de 2013
ISBN: 978-607-411-125-5

Impreso y hecho en México

FERNANDO LOBO
LATINAS CANDENTES 6

Almadía

Edi:

Me fui. Me llevé a Chris. También me llevé la mesa de centro y la lavadora de platos. Te dejo la Mac y esos horribles cilindros de cristal que guardas en la vitrina del comedor. No sé qué más decir. Seguramente ahora que lees esto te preguntas por qué. ¿De verdad quieres saberlo? Pues por eso, porque nunca te enteras de nada. No estás ahí. Eso es. ¿Te sirvió de algo? Estabas tan ocupado que ni siquiera se te ocurrió pensarlo, ¿verdad? ¿Cuándo fue la última vez que cenamos juntos, mi amor?

¿Cuándo llevamos al niño a jugar al parque? ¿Cuándo hablamos de todo esto? No recuerdas. A ver. ¿Sabes cuántos años tiene Christopher? ¿En qué grado está? ¿Tiene amiguitos en la escuela o lo utilizan como bote de basura? ¿Es un subnormal, un pervertido como tú? ¿Lo sabes? No, no lo sabes, querido. Así que mejor olvídalo. También me llevé el televisor y la colección de compactos. Ni se te ocurra buscarme. Te enviaré una postal. Por el niño no te preocupes. Estaría

mejor en un orfanato que contigo. También me llevé la póliza del seguro médico.

Besitos
Magda

PD
Hay una lasaña en el congelador. Ahora que lo pienso, siempre tuviste una relación más sincera con el horno de microondas que conmigo. Tal vez gracias a nuestra ausencia dejes de ser un inútil en la cocina.

PD
Dale de comer a los peces.

Son las palabras exactas de la nota que dejaste pegada con un imán en la puerta del refrigerador. He sido obsesivamente fiel a tu inconfundible estilo de frases cortas y categóricas. Aunque las recriminaciones fueron siempre tu especialización, esta vez debo reconocer que te esmeraste.

¿Pervertido?

No me llamaste así cuando me llegó la última cuenta de tus tarjetas de crédito, mi amor.

Te diré lo que pienso al respecto.

En esta gran nación habitan, efectivamente, algunos miles de depravados. Individuos delirantes, paranoides que gozan y sufren a diario con la alucinación de un mundo invadido por otros depravados. Creen que el resto de la humanidad tiene el alma enferma. Lo suyo es el escándalo, y les fascina.

Querida: pervertidos son quienes protestan por lo que otros hacen con sus genitales. Subnormales quienes ocupan sus mentes y su tiempo en odiar lo que sus vecinos hacen en la cama.

Pervertido fue llevarte a nuestro hijo sin avisarme. Yo sólo hago porno. La pornografía no salvará a la civilización occidental, pero tampoco va a destruirla.

En todo caso, cúlpame por ser un maniático de los beneficios. Mi vicio, lo sé, es el trabajo. Con gusto acudiría a terapia de rehabilitación, pero no tengo tiempo.

Analicemos esto como adultos.

Si lo recuerdo bien, el problema comenzó con una discusión justo aquí, en la cocina donde ahora estoy sentado con el cerebro hecho nudos, intentando recoger los pedazos de nuestra relación. Tú querías que fuéramos juntos a una reunión de padres de familia en la escuela de Chris, ¿no? Yo alegué falta de tiempo. De hecho fue más bien una pelea. Para ser precisos, terminamos insultándonos a gritos. Entonces tú dijiste:

—¡Me largo a Las Vegas con mi madre!

¿Y sabes qué? No te creí. Salí murmurando mi neurosis, abordé mi Isuzu Tracker y fui directamente a los estudios de Salsa Films. Una mañana complicada. La protagonista llegó al plató con una dermatitis nerviosa visible en todo el cuerpo. El doctor Nikeshi recetó una pomada especial preparada con cuerno de rinoceronte blanco, de venta exclusiva en el barrio chino. Fue necesario detener la filmación por tres horas mientras un asistente se encargaba de evitar que la actriz se rascara. Por fortuna el menjurje funcionó. Luego volví a casa y me enfrenté al desastre y a tu mensaje en el refrigerador. Cuando acabé de leer, las paredes de la cocina estaban impregnadas de confusión y silencio. Saqué la dichosa lasaña del refrigerador, la descongelé en el microondas y me la cené (en ese momento yo era todavía un tipo predecible). De hecho, la máquina lavatrastes me importa un comino y lo sabes. En cuanto a Christopher, bueno, tiene la edad suficiente para destrozarle los nervios a tu predicador evangelista.

¿Y dónde diablos guardas la comida de los peces?

El acuario, mi amor, la más estructurada de tus pretensiones: nerviosos titis del Caribe, imponentes vodos atigrados de las Polinesias, escurridizos surukis japoneses, ajenos al colapso de nuestra relación. Tus exóticas criaturas subacuáticas surcaban el agua con ligereza envidiable, entre burbujas que brotaban de una bomba de veinte *watts*. ¿Por qué los dejaste? El universo de esos seres tropicales se reduce a cuatro paredes de vidrio, dieciocho litros de agua del grifo, algas artificiales, un tubo de luz neón, un submarino de plástico y el fondo cubierto con piedrecillas pigmentadas de color verde y naranja. Junto a la pecera había una lata de alimento Smiley Fish. Comprobé que estaba vacía. Leí la etiqueta:

INGREDIENTES: Harina de pescado, harina de trigo, pasta de soya, aceite de pescado estabilizado, lecitina de soya, harina de sangre, vitaminas, minerales.

¿Harina de sangre? Eso aumentó la confusión. Exploré sobre los escombros de nuestra catástrofe, buscando otra lata de alimento por toda la casa. Llegué a la conclusión de que debiste necesitar un camión de diez toneladas para cargar con lo que te habías llevado. ¿Cuáles fueron tus criterios? Te llevaste el exprimidor de jugos y los muebles de la terraza, pero dejaste tus estorbosos aparatos de ejercicio. La licuadora y la vajilla italiana no están inventariadas en tu dulce carta de despedida, mi amor. Tu ropero, en cambio, permanece intacto.

Bueno, casi.

Pensándolo bien, querida, sólo tus labiales llenarían un tráiler.

¿Iniciarás una demanda de divorcio? Conozco algunos jueces en este distrito que estarían encantados de dejarme en la calle.

Por si deseas agregarlo a tu lista de recriminaciones: ¿sabes que no recuerdo el número de tu celular y no lo tengo apuntado por ningún lado?

Fui a la despensa, abrí una lata de arenques y vertí el contenido en la superficie del tanque. Me pareció una solución razonable. Subí a mi estudio mientras los pedazos de pescado descendían suavemente al fondo rocoso, dejando estelas de aceite de oliva con limón y pimienta, ante la indiferencia de tus peces. Me senté frente a la Mac (gracias por dejar en paz mi silla giratoria). Eran las once de la noche, es decir, el momento adecuado para una revisión definitiva al argumento de *Latinas candentes 6*.

Es cierto, trabajo catorce horas diarias, incluidos los domingos, y a veces más. ¿Cómo esperabas que se hicieran las cosas? Por si lo has olvidado, cuando nos conocimos tú eras recamarera del Caesars Palace y yo aún grababa fiestas de quince años en La Purísima. Nuestros antepasados atravesaron el desierto con sus cabezas insoladas de jornaleros llenas de dudas; dejaron la piel en campos de cultivo y los pulmones en barracones de asbesto. Ignoro qué pesada broma biológica los impulsó a procrear familias. Para sus descendientes, el gran sueño americano es una inyección de ansiedad en el cerebro. ¿Sabes cuánto vale la hipoteca de este departamento de dos plantas, terraza y *jacuzzi* en Burbank, mi cielo, mi vida, mi amor divino? ¿Sabes cuánto gastamos al mes en tu depilación láser? ¿De verdad te largaste a Las Vegas con tu madre? ¿Cómo iba esa pinche historia?

Dan, un joven ejecutivo y Eva, su frívola y lujuriosa novia preparatoriana, ingresan furtivamente, a medianoche, en los almacenes Midland. Después de fornicar en la sección de muebles y probar la utilidad sexual de algunos utensilios de cocina, son descubiertos por las Mercenarias Insaciables Uno y Dos, agentes internacionales que han instalado un laboratorio clandestino en los sótanos del edificio. Ahí construyen armas genéticas para llevar a cabo los planes de dominación mundial de la mafia ucraniana. Una simple travesura juvenil está a punto de convertirse en una peligrosa conspiración internacional, un mundo donde el crimen organizado ha pasado a la ofensiva: el objetivo es conquistar el mundo. Así que los buenos muchachos de la Agencia Internacional de Orden y Progreso han comisionado al veterano detective Dis Big para acabar con la conjura, armado con una Mágnum .45, una navaja de pescador y una cajetilla de cerillos.

¿Sabes? Lo he pensado. ¿Cuándo hemos hablado de esto? Quizá sería bueno que supieras algunas cosas sobre este asunto. Mi porno, querida, es argumental. *Latinas candentes* es una serie de historias sobre allanamientos con intenciones sexuales: un edificio de oficinas, un gimnasio, un museo, un teatro, una escuela, ahora un centro comercial, así van sucediéndose las locaciones adecuadas para que Dan y Eva ingresen durante la noche en edificios supuestamente despoblados, con el propósito de tener sexo prohibido, ruidoso y acrobático. Y entonces sucede el conflicto: los cándidos intrusos terminan involucrados en situaciones de acción, intriga y suspenso calculado. Me interesa que mis películas cuenten historias, que los personajes se enfrenten a desafíos cruciales, a dilemas éticos que exijan decisiones trascendentes.

Trabajo, es cierto, con escaso margen de maniobra. "Producciones de noventa minutos, sesenta de acción, treinta de trama": *Guía de pornografía*, Ziplow, 1974. Y los minutos de trama se reducen cada vez más, como en cualquier género de acción.

Aclaremos esto. La pornografía, mi amor, no es sexo, es espectáculo, imágenes acumulándose sobre un tema básico: la satisfacción inmediata. El porno es el modo sencillo de empacar la excitación sexual y transformarla en mercancía. La seducción no desaparece, sólo se sintetiza, se reduce a su versión instantánea, como el café soluble, la sopa ramen o los macarrones con queso. Puedes verlo en Chris, sólo lo inmediato es realmente satisfactorio. Vendemos una ilusión de disponibilidad, sin interrupciones ni molestias, para aliviar a tantas almas solitarias. Si un día probáramos colocar a tu tía parapléjica frente a la jaula de los leones en el zoológico, los machos adultos comenzarían a salivar detrás de los barrotes. Su instinto sería estimulado por una presa fácil y a la vez inalcanzable. El principio es el mismo. Es una ley universal. ¿De verdad quieres que hablemos de esto? Aquí en el luminoso Valle de San Fernando, la industria factura un promedio de cien mil millones de dólares al año, y aunque Warner y Universal tengan oficinas matrices en el mismo barrio, esto es el Porn Valley, el centro de operaciones, la meca del cine para adultos, la punta de un *iceberg* de cientos de compañías que producen porno a lo largo de la costa del Pacífico, desde San Diego hasta San Francisco. Generamos más ingresos que todo el resto de la cinematografía en California. Consorcios como Vivid y Private Media cotizan en el índice NASDAQ. ¿Sabes cuántas personas tienen sexo con sus computadoras en este instante? Somos el motor principal de la economía informática. Los analistas basan sus proyecciones en el comportamiento de nuestros mercados. Los formatos que no aceptan nuestros contenidos desaparecen de las tiendas. Las redes sociales se programan de acuerdo a nuestra lógica masturbatoria. Las ideas que conducen hacia el beneficio en internet, son pornográficas. Tú dirás, mi amor, ¿quién diablos requiere de un argumento sólido en esas condiciones?

Pero esa primera noche de tu abandono, contemplé la pantalla de la Mac y me pregunté: ¿qué hacen realmente Dan y Eva en Almacenes Midland a mitad de la noche? Están buscando un lugar excitante para tener sexo ruidoso y acrobático, sí, ¿pero por qué? ¿Qué los llevó hasta ahí? ¿Rebeldía? ¿Atracción mórbida por las situaciones de riesgo? ¿Acaso es el único lugar donde pueden garantizarse cierta privacidad? ¿En el fondo de todo esto hay una reflexión sobre la vida privada? ¿Una pregunta estremecedora sobre la asfixia urbana?

Chingada madre. Pinche Magda.

Eso pensé.

Bien, supongamos que lo admito: fue insensato, fue una tremenda imprudencia montar una escena en la sala de nuestro departamento. ¿Eso cambia las cosas? Sé que no funciona como excusa, pero es la verdad: no me quedaban opciones. Puedo explicarlo. Comenzaré por contarte una breve historia.

A mediados de los noventa, alguien subió al internet un video de sexo doméstico protagonizado por Pamela Anderson y su marido Tommy Lee. Imagínalos: Pam y Tommy, la diosa sexual y el ídolo del *heavy metal*, de luna de miel, cogiendo en su yate. Una mitología pornográfica descendiendo a la dimensión de los mortales, como un relámpago, directo al cerebro. Se desató la revuelta: millares de exhibicionistas grabándose con formatos de baja resolución, cámaras ocultas en los moteles de las periferias, sexo en vivo en los burdeles. Las imágenes pasaban de la red a las calles. Y las calles están pobladas por fisgones. Encontramos una grieta en el mercado de imágenes: un gran segmento del público fastidiado de fantasías, ávido de flácidas realidades. Salsa Films fue la primera productora que reaccionó: segmentamos largometrajes argumentales para comercializar fragmentos de 21 minutos, mientras explorábamos las posibilidades del nuevo género: escenas sin explicaciones, sin cortes, sexo improvisado, intromisiones del realizador y *pornstars* que simulan ser *amateurs*. Después lo llamarían porno *gonzo*. Nosotros lo inventamos.

"Hola, me llamo Charo Regis, tengo dieciocho años y es mi primera vez…"

Se graba de un modo deliberadamente torpe para lograr ese efecto de realidad. Una cámara vacilante y el sonido directo proporcionan la sensación de fisgoneo, esa ilusión de que estás adentro. Entre más baja sea la resolución de la cámara, entre más errático sea el registro, más convincente será en la pantalla. Un coito grabado con celular es una pieza hiperrealista.

Pamela jamás incursionó en el porno duro, lo cual es lamentable. La recordaremos siempre posando para *Playboy* en la soleada arena de Palm Beach, ella y sus esféricas obras maestras de silicón, mirando hacia el horizonte, firmes ante la brisa marina del Pacífico. Me habría fascinado trabajar con ella en mi set.

Salsa Films, mi amor, además de encargarse de tus mensualidades en el *spa* de Beverly Hills, es una empresa hecha de cierta sustancia dúctil, adaptable a los cambios como un fluido. Cuando llegó la banda ancha en el 2005, estábamos listos. Las productoras monstruo dejaron de hacer ciento veinte películas al año mientras nosotros nos expandíamos. Actualmente nuestros portales reciben algunos millones de usuarios de todo el mundo, y cuentan con espacios de *chat*, redes sociales, publicidad y enlaces a otros cientos de páginas. En tropix.net mostramos gratis lo que vendemos en salsatube.com. Puedes pasar toda la tarde abriendo página tras página sin salir de nuestra área de *marketing*. Los usuarios que creen ver porno gratis a nuestras expensas, son en realidad nuestra mercancía, pulsar *play* en cualquiera de nuestros reproductores significa pasar a formar parte de una gigantesca base de datos para mercadotecnia pornográfica, sustentada en traumas básicos: alarga tu pene, aplana tu vientre, levántate de esa cama asquerosa y busca sexo con mujeres casadas, fantasea que puedes y teclea aquí el número de tu tarjeta de crédito. Tenemos nuestros propios servidores y un comando de *nerds* que pasan el día organizando imágenes de sexo explícito a través de la red. Con los fotogramas imprimimos *Split Magazine*, revista que se distribuye en toda Latinoamérica y el sudeste asiático. Nuestros largometrajes se clasifican como clásicos de colección en el sector más exigente de un público internacional. Love Channel y Playboy disputan entre ellos para adquirir nuestros derechos de transmisión por cable. El pervertido subnormal que abandonaste, mi amor, es el presidente corporativo de Salsa Films.

A la confusión y al silencio se sumó el insomnio. Un montón de preguntas innecesarias acerca del guión brincaban de la pantalla a la cama. Pasé el resto de esa noche en blanco, retorciéndome entre las sábanas, aguijoneado por inconsistencias de la trama y diálogos forzados. El sol llegó a Burbank y tú no estabas.

Al bajar a la sala noté cierta tensión en el acuario. Los titis circulaban nerviosamente por el fondo, mientras los vodos describían movimientos repentinos, como si atacaran a un enemigo invisible. Los surukis fingían indiferencia. En la superficie flotaban manchas de aceite de oliva. Era como la maqueta de un derrame petrolero. Tal vez los arenques no fueron una buena idea. De verdad lo pensé, amor: "Debo comprar el maldito alimento de los peces". Luego sonó mi celular. Era Sonia Furias.

—Está hecho, Edi —me dijo—, dispondremos de los almacenes desde el viernes a las seis de la mañana. Tenemos treinta horas para grabar nuestra basura.

La vieja zorra del desierto lo había logrado de nuevo. Consiguió que los almacenes Midland cerraran al público durante tres días. Su propietario, Mike Randall, anunció un cierre temporal para efectuar reparaciones de emergencia en el sistema de ventilación y nosotros desembolsamos veinte grandes por el alquiler (y de paso salvamos a Randall de un posible embargo hipotecario, pero ésa es otra historia).

—Bien —respondí—, ¿te parece si nos vemos en la oficina a las diez para revisar detalles del guión?

—Yo ya estoy en la oficina.

La zorra milagrosa. Jamás pregunto cómo lo hace, pero Sonia consigue las mejores locaciones para los horarios más extraños. Si hemos logrado grabar con todas las facilidades en un museo de paleontología, en el Quick College, en una clínica de rehabilitación y ahora en los almacenes Midland, fue gracias a las gestiones de Sonia Furias, productora ejecutiva de Salsa. De acuerdo con los lineamientos corporativos de la empresa, eso incluye la producción en línea. Sonia también se encarga de que nuestros actores garanticen erecciones prolongadas, de que las vaginas de nuestras actrices estén adecuadamente lubricadas, de que la maquillista no ingiera éxtasis durante las filmaciones, de que los resultados de los exámenes clínicos se encuentren listos antes de iniciar una producción, de que haya frapuchinos para todos y de que la sopa *won ton* llegue caliente al set. Si necesitamos un Ferrari en el jardín, un brontosaurio de polietileno en tamaño natural, un seguro contra daños a terceros, ahí está Sonia. Y en este negocio, créeme, nunca sabes con exactitud qué puede hacer falta. Lo sorprendente es que Sonia jamás separa el culo de su silla plegable durante las grabaciones. Te aseguro que es capaz de conseguir un submarino atómico con el directorio de su celular, mientras fuma cigarros cubanos traídos de contrabando.

Nacida en Arizona, Sonia fue *pornstar* en los setenta, durante los esplendores de la industria en su época clásica: rodajes de tres semanas, argumentos originales, productores que podían llevar un filme de 35 milímetros a las salas de cine con actores que cogían tan bien como para mantener al público sentado en una butaca el tiempo que dura un largometraje. Una era que culminó con el salto del género a las pantallas convencionales de

América, *Garganta profunda*, *Tras la puerta verde*, *El diablo en la señorita Jones*. Las buenas conciencias liberales y los artistas de vanguardia miraban aquello y decían: "Hum… interesante".

Después llegaron los formatos de video análogo y las producciones se hicieron menos aparatosas. Los ejecutivos de Sony se persginaron y no permitieron que la industria porno usara sus videocasetes. Por eso Beta salió del mercado y se impuso el VHS.

Cuando los reflectores se apagaron, Sonia Furias abandonó el último set y su irritado culo era del tamaño del Memorial Coliseum. La industria era una carnicería: los actores salían por la puerta trasera con sus psiques cortadas minuciosamente en pedazos pequeños. En los setenta, el porno de California se encontraba del lado salvaje de Hollywood Boulevard. Ahora el mercado se ha diversificado. Cuando su teléfono deja de sonar, una *pornstar* de Los Ángeles puede hacer una vida de ama de casa, ejercer su doctorado en física cuántica o administrar portales web. También pueden volarse el cerebro con una mezcla de cocaína y ansiolíticos, o robar autos. Éste es un país libre.

Magda, ¿te conté alguna vez de mi amiga Jenna?

Después de actuar en un centenar de filmes porno, Jenna Jameson fundó Club Jenna, una productora de películas con alto presupuesto y series de televisión, que administra portales en internet y coloca su marca en diversas líneas de juguetes sexuales. La semana pasada tenían un panel de quince metros para anunciar sus productos en Times Square. Jenna ha actuado en películas y series televisivas sin contenido sexual, ha doblado voces para animaciones y existe un videojuego cuyo objetivo es hacer que *Virtually Jenna* alcance el orgasmo. Mi amiga desfila en pasarelas de moda internacional y es una invitada frecuente al programa radiofónico de Howard Stern. Su autobiografía *Cómo hacer el amor como una pornstar: una historia de advertencia*, fue de los libros más vendidos en 2004. Cuatro años después, Jenna se sometió a una operación de reducción de senos y se tatuó los omóplatos con una cita de Juana de Arco: "No tengo miedo, nací para esto". Luego subió a recibir el premio Crossover 2008 de Adult Video News, otorgado a actores porno involucrados con medios de comunicación convencionales. Ahí anunció su retiro. Dijo: "Jamás volveré a abrir las piernas para la industria, pero los quiero". El público abucheaba.

Si algún día tu vida en Las Vegas resulta extremadamente aburrida, visita el Museo Madame Tussauds, ahí podrás ver una estatua de cera con la efigie de mi amiga Jenna Jameson.

Pero ésa es la historia de una diosa financiera del porno.

A Sonia la descubrí a bordo de un remolque desvencijado en Panorama City. Despachaba papas a la francesa sin la intención de pasar de incógnito: detrás del delantal llevaba puesto el vestidito de raso que usó para la grabación de *Caperucita sensual*. Sus labios estaban pintados de un color rojo diabólico, los párpados eran de un tono que hasta entonces yo sólo había visto en autos deportivos y la maltratada cabellera anaranjada apuntaba en todas direcciones, pero le quedaba ese estilo, cierta actitud capaz de emerger sutilmente por encima del olor a peróxido y aceite saturado. Algo como unas luces lejanas. Luces de fiebre de los setenta. Era una tarde de 1994 en ese viejo remolque de papas fritas en Panorama City y yo era un novato que apenas incursionaba en el negocio, pero la reconocí de inmediato.

—Sonia —le dije—, soy un fanático de tu trabajo.

Y entonces vi por primera vez ese fuego en su mirada decrépita, esa inagotable chispa de actitud californiana.

—¿Me estás jodiendo, mocoso?

—*Caperucita sensual,* un clásico —respondí.

El ego de Sonia se agitó como las alas de un ángel en caída libre. Diez minutos después ella se despojaba del delantal y abandonaba la freidora para siempre. Qué puedo agregar. Soy un tipo simpático.

Muchas cosas habían cambiado para la industria en 1994, pero además del estilo, Sonia conservaba una estimable colección de pelucas y su peculiar noción de lo que hay que tener: los conocimientos esenciales del negocio, los guiños, las sutilezas, lo que debes aclarar y lo que debes mantener en secreto. En la recalcitrante personalidad de Sonia Furias se encuentran las llaves doradas del Porn Valley.

Con el tiempo comprendí que el maquillaje excesivo es su manera de decirnos a todos: "¡Aquí estoy, hijos de perra! ¡No pudieron conmigo!"

En *Caperucita sensual*, la niña se come al lobo.

Los estudios de Salsa Films se encuentran en un ancho galerón de cemento y acero cubierto con una superficie de cristal reflejante. Abarca toda una cuadra sobre Bonanza Street. Deberías visitarnos algún día. Tenemos cuatro foros, una cabina de edición y dos máquinas de refrescos. Sonia instaló en su privado una cocineta en la que prepara tés de hierbas exóticas. Yo prefiero los frapuchinos. La cafeína fría produce cada mañana fugaces chispazos de entusiasmo y autoestima en mis neuronas. También hay una mesa de juntas con un gran óvalo de cristal templado sobre dos columnas de piedra. El porno sin pretensiones es como un chocolate sin calorías. Ahí repasamos los guiones. Es importante, porque nuestros actores cobran por escena.

—Entonces Dan y Eva en el aparador, luego el trío entre Dan y las mercenarias, después Eva y Dis Big en el sádico, la Mercenaria Insaciable Dos hace un solo, seguimos con el lésbico... ¿es así?

—Tal cual, Edi— respondió Sonia.

—Luego cerramos con Dan y Eva.

—Exacto.

—Mamada ella, mamada él, ella arriba, él arriba, de lado, por detrás, mamada ella y venida, como siempre.

—Sí, Edi, como siempre. Quiero que veas lo que hizo Conchita.

Sonia comenzaba a percibir ciertas anomalías en mi conducta. Conchita es nuestra diseñadora de vestuario. Las habilidades que adquirió mientras la explotaban en una maquiladora de Ciudad Juárez le sirven ahora para diseñar y fabricar, en tiempo récord, botas de cuero hasta las rodillas, conjuntos con encajes, ligueros y temibles látigos para las mercenarias insaciables de la mafia ucraniana. La señora tiene cincuenta y cuatro años, tres hijos y un agudo sentido de la lujuria.

—¿Por qué, Sonia?

—Por qué… ¿qué?

—¿Por qué Dan y Eva cogen a media noche en un almacén?

—Está en el guión.

Me puse de pie y comencé a dar vueltas alrededor del gran vidrio.

—¿Qué siente Eva por Dan? ¿Sentirá lo mismo cuando conozca a las agentes especiales? ¿Qué los motiva a hacer un trío? ¿Creen acaso en el amor colectivo?

Sonia me miró como suele mirar a los vendedores de biblias: con extrañeza y hostilidad.

—Edi, tú mismo prohibiste que usáramos drogas en horas de trabajo, ¿recuerdas?

Ahora pienso que en ese momento pude aclarar las cosas. Explicarle a Sonia que te habías largado con el niño y que me encontraba en plena crisis emocional. En vez de eso, seguí pensando en voz alta.

—Estamos hablando de transgresiones. Los personajes allanan un local cerrado en un horario prohibido. De algún modo se están apropiando de ese espacio. ¿Qué carácter necesitas para eso? Hemos llegado a un punto en el que los personajes imponen sus condiciones, sus perspectivas. La normalidad, lo previsible, es aquello que vemos desde sus ojos. Es... es un punto sin retorno.

La zorra en alerta olfateaba el peligro en el aire, se mantenía inmóvil detrás de los arbustos, a la expectativa. Es lo que siempre le dicta su instinto cuando estamos a punto de discutir.

—Dan y Elsa harán un trío porque está en el guión que tú escribiste, porque las locaciones son alquiladas y porque tenemos treinta horas para grabar esta basura. ¿Ya podemos ver el vestuario?

—Sonia, necesitamos cambios en la trama.

Ni siquiera parpadeó.

—Bueno Edi, es tu guión. Sólo recuerda que tenemos treinta...

—Sí, ya.

La brevedad en el rodaje es uno de los principios básicos de rentabilidad en este negocio. Tres jornadas de diez horas, para ser precisos. Pertenecemos a un gremio conservador, reaccionario a las innovaciones. La grabación es un ceremonial con protocolos rigurosamente establecidos y el resultado es siempre el registro de un ejercicio sobre la erección, las mamadas, la penetración y la eyaculación, en ese orden riguroso; pero cuando abandoné mi oficina en el trayecto hacia Burbank, mi mente deambulaba por una locación imaginaria. Dan y Eva estaban ahí adentro, solos, tomados de la mano, muy difusos, mirando todos esos escaparates y los anchos corredores de azulejo y los avisos de oferta en colores fluorescentes. Había taladros, podadoras, fuentes para jardín, pavos ahumados, whiskys de veinticuatro años, y no había comida para peces, mi amor.

Volví a casa. Los vodos habían seleccionado un objetivo: los titis. Los perseguían por la parte baja del acuario y los acosaban con sus aletas ornamentales. Los titis intentaban ocultarse detrás del submarino. Los surukis permanecían neutrales. Tú no estabas. "Compraré el alimento en cuanto termine esas correcciones", pensé.

A mí, por ejemplo, me gustaría tener recuerdos de pez. ¿Sabías, querida, que los peces de ornato tienen una memoria a largo plazo de veinte segundos?

Pasé la noche entera haciendo modificaciones arbitrarias en la sinopsis.

Dan es empleado de una compañía de seguros. El verdadero interés de Dan por Eva es almacenar una experiencia real que más tarde pueda ser relatada con detalles entre sus compañeros de oficina. Dan construye su personalidad a partir de lo que puedan pensar sobre él. Desde los tragos que pide en un bar hasta sus pensamientos trascendentes, todo está encaminado a fabricar una existencia presentable, una vida en exhibición. Está suscrito a la revista Hombre Saludable *y responde los tests mensualmente.*

¿Eres codependiente?
Cosas que ellas odian de ti, ¿puedes cambiarlo?

Eva es una frívola insensata en busca de emociones fuertes. Si esa noche la hubiesen invitado a sabotear un gasoducto, habría aceptado. Ella sabe que allá afuera hay una realidad, y que si los apañan adentro del Midland sus padres deberán desembolsar una multa descomunal que arruinará las finanzas y el precario equilibrio emocional de la familia. Eva simplemente ha decidido hacer tiempo. Le quedan instantes para huir de su destino. Después, tarde o temprano, su plano abdomen se llenará de hijos y tendrá que conseguir un salario por debajo del mínimo legal. Por ahora, Eva mira a Dan como un Apolo con chequera.

"Maldición", pensé, "esto es peor que porno suave por el Golden Channel." Relajante música de saxofón, luces tenues, planos abiertos, ella arriba acariciándose el cuerpo en movimientos suaves, modelando el peinado, él exhibiendo su musculatura. Un asco. El problema no se encontraba en el guión.

La luz del sol inundaba ya el departamento. No lo había notado antes: la habitación es blanquísima. Tú no estabas. No dormí un carajo. Entonces comenzó la fiebre de la producción. Bastaron un par de frapuchinos para que mi celular iniciara una reacción en cadena.

—Hola Thera, habla Montoya.

—Hola Edi.

Sí, la inalcanzable, la exótica Thera Patrick. La número uno. Tengo su número privado. Le dije:

—Thera, reina, llegó el momento de trabajar juntos en la más intensa producción pornográfica de todos los tiempos.

—Aún tengo exclusividad, Edi, lo siento.

—Oh, no te preocupes, sólo me pregunto si esos *gangsters* de Vivid van a darte lo mismo que yo quiero para ti.

—¿De qué hablas?

—Es tiempo de volver a la era de las diosas sexuales, Thera. Quiero fundar un parque afrodisíaco que se llame Thera City, eso, y necesitas tu propia isla, no, tu propio archipiélago. Quiero que viajes en *jet* privado.

El mismo *jet* privado que en ese momento surcaba mi cerebro. La tripulación hablaba en ucraniano.

Tengo también el número privado de Sasha Grey, Silvia Saint, Bree Olsen, Maria Ozawa, Kaylani Lei, Paulina James, Asia Carrera, Katie Morgan, pero a quien siempre he deseado en mi set es a Audrey Bitoni. La llamé esa mañana.

—Audrey, ¿alguna vez has grabado en las islas griegas?

—Oh, Edi, no sé… tendrías que hablar con mi agente.

—Los agentes pertenecen a un grado inferior de la escala evolutiva. Escúchame, serás una guerrera amazona, una sensual heroína de la antigüedad.

—Eso ya se ha hecho, Edi.

—Montarás un pegaso. Uno real. Yo me encargo de eso. Podemos ponerlo en el contrato…

Sí, Magda, en el plazo de unas cuantas horas, tu abandono me había convertido en un megalómano delirante, lo cual se hizo muy notorio en el área de adquisiciones.

Esa tarde compré un Hummer, sin duda el vehículo idóneo para el detective Dis Big. Alquilé un helicóptero de carga para subir el auto a la azotea del almacén y lanzarlo al abismo en el clímax de la acción: una escena de persecución. Contacté a los muchachos de Vals Brothers, una compañía especializada en producir explosiones, caídas vertiginosas, autos machacados, peleas callejeras, cosas así.

Cuando le mostré a Sonia la cotización de explosivos, ella replicó que si comprábamos un solo cartucho de dinamita, renunciaba. Intenté convencerla con argumentos razonables.

—¿Cómo pueden dos lujuriosas mercenarias internacionales ir indefensas por la vida sin granadas de mano?

—Renuncio, Edi, te lo juro.

La zorra pacifista. Así que me conformé con un par de Uzis para ellas, un M1 para Dis Big y un par de lanzallamas. Sonia gruñía cada vez que revisaba las facturas.

—Edi, ¿para qué coños queremos un piano?

—Es un almacén. ¿Acaso no venden pianos en los almacenes?

Complicar la producción: método exclusivo patentado por el doctor Montoya para eliminar los síntomas de la autocompasión.

Sonia se reveló como una impecable administradora de conflictos. No se inmutó cuando le mostré los planos del sistema de andamios para que Dis Big y la mercenaria Uno cogieran al borde del vacío a veinte metros de altura, pero se opuso terminantemente a que mandáramos fabricar muñecos de látex para los experimentos de criogenia realizados por la siniestra mafia ucraniana.

El martes por la tarde, la productora ejecutiva realizó una intervención.

—Debes parar, Edi, tenemos un problema.

—Exageras. No soy un gastador compulsivo. Estás moralizando mi conducta...

—Por mí puedes vender tu alma, Edi, pero ya no tenemos fondos. Si quieres que terminemos esta basura tienes que hablar con Coleman. Intenté negociar con él por la mañana, pero está un poco alterado.

Casi nadie sabe esto: Werner Coleman, el legendario mercader de arte, es también productor asociado de Salsa Films. Un caso peculiar del capitalismo americano: después del colapso financiero, decidió invertir en el porno un porcentaje del dinero que gana en el mercado del arte.

A continuación intentaré aclarar las relaciones existentes entre tu Mercedes-Benz y las bellas artes.

Supongamos que la oficina de Coleman maneja un lote de cuadros de Igur Svenson, un pintor sueco especializado en pintar patos. Las pinturas son propiedad de cierto coleccionista, un tal Tartakov. El lote se cotiza en un millón de dólares. Durante un mes, Werner filtrará a la prensa especializada informes ambiguos y especulaciones sobre el auténtico valor de ese lote, y sobre ciertas corporaciones trasnacionales interesadas en adquirirlo. Comenzarán a aparecer artículos sobre la misteriosa vida del pintor sueco, entrevistas a artistas de su tiempo que lo consideraron un genio incomprendido, sofisticados ensayos sobre la gran importancia de los patos en la visión pictórica sueca de la primera mitad del siglo XX. Supongamos que esto despierta el interés de alguna casa de subastas en Nueva York. Un día, Coleman anuncia en conferencia de prensa que el lote fue vendido a un coleccionista desconocido en veinte millones de dólares. Y supongamos, sólo supongamos, que Tartakov es en realidad testaferro de una red de traficantes de drogas que opera en California y que acaba de lavar diecinueve millones. Puras suposiciones.

Ahora bien, la mafia tiene ya sus dólares limpios, pero Coleman ha recibido una jugosa comisión, difícil de explicar. El coleccionista debe invertir en negocios legales como el nuestro. Y así, mi cielo, en este sueño americano de fantasías sexuales y mafias internacionales, las bellas artes financian el porno y, por lo tanto, tus lujos.

Sonia lo ha investigado. A la especulación del mercado del arte, Coleman ha sumado otras productivas actividades: fraudes a compañías de seguros, sobornos a los críticos de arte y explotación de prometedores artistas novatos. Coleman se enriquece gracias a las vanguardias, pero tratándose de cine, el asunto es serio. Ha invertido algunos millones a cuenta de futuras películas en Salsa Films.

En las paredes de su oficina, Werner tenía colgadas una serie de acuarelas cotizadas en cincuenta mil dólares. Cada vez que yo entraba ahí, miraba con atención aquellas plastas de tonos vibrantes. Pensemos en eso. Yo puedo hacer que veinticinco mil personas paguen dos dólares por descargar una de mis películas, pero Werner logra que una sola persona pague cincuenta grandes por un dibujo en un pedazo de papel. Supongo que para eso se requiere talento.

Realmente tampoco esperaba que un coleccionista de setenta años que exhibe esculturas de mármol en su cochera se mostrara sensible. Según su particular modo de ver las cosas, *Latinas candentes 6* lo estaba desplumando.

—Déjame ver si entendí bien —me dijo—, ¿estás arriesgando mi dinero en una producción para hacer una cinta que explore... ¿Qué dijiste que vamos a explorar?

—Las leyes ocultas del deseo.

—Las leyes ocultas del deseo.

—Eso.

—Seiscientos setenta mil dólares.

—Seiscientos setenta mil dólares hasta ahora, señor Coleman.

—¿Ya calcularon las ganancias netas?

—Sí, de hecho podría ser un poco más de lo habitual, unos doscientos mil.

—Sigo sin entender. Lo que estás diciendo es que nos meteremos en una producción que probablemente perderá casi cuatrocientos grandes.

—Vistas las cosas desde una perspectiva económica, sí, eso es.

El coleccionista se balanceó en su silla ergonómica, mirándome, tratando de descifrar en mis ojos algo que no cuadraba, algo que yo tampoco acababa de entender.

—Dime una cosa, Edi, ¿crees que soy estúpido?

—Por supuesto que no. Al contrario. Realmente pienso que a través del porno podemos decir cosas que no se han dicho hasta ahora. Las personas suelen ser menos estúpidas de lo que aparentan, señor Coleman.

—Eres un chico listo, ¿no es así? Tú y yo entendemos que ponerle ideas al porno es como ver a Marx haciendo un *striptease*... ¿Sabes quién fue Karl Marx?

—Uno que se acostaba con su sirvienta.

—Bien, no es necesario que nos detengamos a discutir demasiado sobre este asunto. Escucha. Si necesitas los cuarenta mil que asignamos a cada producción, ahí están disponibles, si deseas agregar algunos miles al presupuesto para alquilar una grúa o traer un transexual de Singapur, sabes que cuentas con eso, pero gastar seiscientos setenta grandes para satisfacer tus compulsiones intelectuales, ni lo sueñes, Edi.

"Compulsiones. Tal vez es eso", pensé.

Werner Coleman es un buitre avaricioso vestido de seda y lino, pero no es idiota.

—Está bien, señor Coleman.

—Está bien... ¿qué?

—No hay problema, yo me encargo. Le pagaré hasta el último centavo, conseguiré el resto del dinero y filmaré la película.

¿Dije yo eso? ¿De qué culo sobrehumano se supone que voy a sacar seiscientos setenta mil dólares que ya invertimos?

—Una obra maestra de la pornografía universal.

Un coleccionista sarcástico.

—No, señor Coleman, una historia que dirá algo.

El coleccionista golpeó la superficie de vidrio con la punta de un bolígrafo metálico.

—Bueno, cuando te canses de jalártela y vuelvas al negocio, llámame.

Era como si existiera un plan en algún lado. Haríamos la película. No tienes idea de cuántas cosas pasaban por mi cabeza mientras mi Isuzu Tracker rebotaba sobre el asfalto rumbo a Bonanza Street.

Necesitaríamos dinero, mucho, y pronto. En las siguientes horas, la calculadora se adaptó como una prótesis biónica en los dedos de Sonia. Tratábamos de ajustar el presupuesto a las finanzas netas de Salsa Films. En ese momento, aunque la firma tenía un valor aproximado de veinte millones, operábamos con un fondo de siete mil dólares.

—Tendrás que olvidarte del Hummer, o sacar actores del reparto…

—Sonia, no podemos limitar esto por razones presupuestales, solicitaremos un crédito...

—Oh, no, Edi, no podemos endeudarnos más por ahora. El departamento de contabilidad está desquiciado. Ya gastamos más de lo que teníamos y nuestras líneas de crédito se agotaron. Si queremos seguir firmando cheques tendremos que poner de nuestros bolsillos.

Fue necesario que Thera Patrick y Audrey Bitoni salieran del reparto. Aún me pregunto qué extraña fuerza invisible me impidió hacer una última llamada y cancelar tus tarjetas, mi amor.

En todo caso, contábamos con el apoyo de nuestro elenco habitual. Los buenos y fieles *pornstars* de reparto.

Además de las producciones baratas, otra consecuencia del realismo surgido a causa del video de Pam, son los actores *gonzo*: cuerpos esmirriados, caras lavadas, gestos de timidez para crear la fantasía de lo posible: la vecina de enfrente, la chica que uno se encuentra en el autobús, una antigua novia, la cajera del banco, tu dentista. La lujuria más veloz se oculta detrás de caras distraídas y vidas planas. En los cuatro foros de Salsa Films se produce *gonzo*, chatarra para internet. Cualquiera puede trabajar ahí. Por eso buscamos locaciones para *Latinas candentes*: porque, más allá de las ganancias, pertenezco a la escuela clásica: atmósferas irreales, tacones de doce centímetros, tatuajes, pulseras en los tobillos, senos hipersiliconados, *botox* en los labios, argollas en los ombligos, peinados de fantasía, lencería vistosa, pubis rasurados. Así formamos el elenco de *Latinas candentes 6*, una mezcla óptima de juventud, experiencia y actitud: Elsa Martel, Dan Solomon, Charo Regis, Angelina, Karl Gluten; transpiran sexo a la americana, violento, reprimido y cuidadosamente obsceno.

No quiero a Venus emergiendo de las profundidades, no me interesa que nuestras *pornstars* parezcan actrices exclusivas de Paramount. No necesito bellezas de polietileno gimiendo en húngaro. Lo que yo busco se resume en una palabra: naturalidad. Quiero decir, no basta portar senos copa 34DD o una verga de cuarenta centímetros. Hay que llevar eso como si fuera lo más natural del mundo.

Un lema de Salsa: cero intermediarios. No negociamos con sindicatos ni agencias, el elenco lo reclutamos nosotros. Pagamos entre doscientos y mil dólares diarios, dependiendo de lo que hagan y cómo lo hagan.

Esta vez nos reunimos con cada actor por separado. A todos les dijimos que iríamos sobre algo grande. Treinta horas de producción los enfrentarían a sus más grandes retos como artistas. También les informamos que tendrían que esperar la comercialización de la cinta para cobrar sus honorarios. Cada uno de ellos aceptó, por razones diferentes que te iré explicando más adelante.

Por lo general grabamos con un equipo compacto: Charly Prado, director de cámaras y socio de la firma; su asistente, cuyo nombre jamás recuerdo; Joe el sonidista amargado, Frank en la iluminación (él sí es un pervertido), Ben el decorador, Conchita en el vestuario y Margarita Tóxica, nuestra maquillista y peinadora, adicta a las metanfetaminas. Pero esto era *Latinas candentes 6*. Un día antes de comenzar el rodaje, el *staff* de producción era un pequeño ejército a punto de montar lo que salía de una caravana de seis remolques. Ni Sonia ni yo contamos con asistentes personales. Ella es demasiado sensible a la estupidez ajena, y yo soy incapaz de delegar responsabilidades.

Por mí, los demás podían irse al diablo, excepto Charly Prado. Mi socio, mi amigo, se merecía una explicación.

No quiero sonar presuntuoso respecto a nuestro director de cámaras, pero Charly Prado posee el ojo biónico de la obscenidad californiana. Fue él quien llevó el concepto de lo explícito hasta la cima de la industria y lo perfeccionó a niveles microscópicos. Charly posee el ojo clínico, sus encuadres guían la excitación del espectador por el cuerpo de los actores, desde el paroxismo en el rostro hasta los lúbricos movimientos pélvicos. Uno puede sumergirse entre los pliegues purpúreos de Elsa Martel y percibir la humedad en un grado uterino de intimidad. Un coño es un organismo con vida autónoma.

Los montajes de Charly parten del manual: una cámara fija sobre los genitales y otra móvil para tomar planos de las caras o los cuerpos, pero luego se agrega otra para un contrapicado o un *traveling* aéreo. Charly percibe las vibraciones del set, coloca sus cámaras, se fuma un Pall Mall y comienza a improvisar. Los planos se abren y se cierran mientras las cámaras se deslizan a partir de intuiciones. Charly está conectado y siempre sabe cuál es el paso siguiente. Nos entendemos a ciegas.

Nunca te ha simpatizado, ¿verdad?

Crecimos juntos en La Purísima, barrio de East L.A. habitado por migrantes de la Mixteca poblana. Cierta mañana lo encontré dentro de una botarga afuera de una farmacia. Mi amigo de la infancia se había convertido en una tiesa ardilla hiperdesarrollada que promocionaba complementos vitamínicos para niños. Como sabes, en esos días yo alternaba mis estudios de preparatoria con el trabajo: grababa fiestas de quince años, bodas, bautizos, confirmaciones, celebraciones de santos; esas costumbres que conservan los habitantes de La Purísima para despilfarrar sus dólares de un modo tradicional y colectivamente organizado. Saqué a Charly de la ardilla peluda y lo contraté como mi asistente. Había suficientes dólares para los dos. Nuestros grandes momentos fueron las fiestas de quince años. La familia que organiza la fiesta envía el video a sus parientes que viven en lejanos poblados de la Mixteca. Esos videos son como una carta que envía una parte de la familia a la otra. Los familiares en el pueblito lo miran todo en tiempo real, sin cortes, desde que la quinceañera se prueba el vestido hasta que el padrino pierde el conocimiento sobre la mesa plegable, sin soltar la botella de ron Bacardí. Aún recuerdo con nostalgia esas noches interminables a razón de veinte dólares la hora, con banda filarmónica, mole, papel picado, pastel de tres pisos, chambelanes (primos ebrios con charreteras), el discurso incoherente del padre y el vals. Hacíamos dinero mientras chupábamos patriotismo en vasos desechables y encarnábamos una historia de realizaciones personales. Arriba la Mixteca, chingados.

Charly, en fin, se merecía una explicación. Un día antes de comenzar a grabar le pedí que me acompañara a comprar alimento para peces. En el camino paramos a desayunar en el Ula Ula. El local es famoso por sus huevos extra grandes con tocino y piña. Cuando nos sirvieron, el director de cámara no ocultó su admiración.

—¿De qué gallinas mutantes sacan estos huevos? ¿Las cruzan con avestruces?

Había llegado el momento adecuado.

–Dime, Charly, ¿alguna vez oíste hablar del código Hays?

–No, pero suena como un *thriller* de bajo presupuesto. Justo algo así esperaba escuchar.

–Te contaré una breve historia.

–Adoro las breves historias.

–Cuando terminó la primera guerra mundial, todos en América hablaban de volver a la normalidad. Pero, nadie sabía exactamente qué significaba eso. Las mujeres que habían pasado cuatro años fabricando torpedos se negaron a volver a casa a fregar los platos, la serie mundial de béisbol se enredó en un tremendo escándalo por apuestas, el *jazz* sonaba en todos lados, la mafia regenteaba los salones de baile y los congresistas votaron la ley seca…

–¿Es cierto que estaban ebrios cuando la aprobaron?

–Hasta la madre. Las organizaciones puritanas y los predicadores estaban desatados. Decían que había llegado el momento de reformar la nación, que la inmoralidad era una epidemia. Veían pecado por todos lados y Hollywood era la ciudad del pecado. Chaplin salía con chicas menores de edad, Fatty Arbukle enfrentaba un juicio por asesinato y violación, y se decía que Douglas Fairbanks en sus fiestas tocaba el piano con la verga. La verdad es que los productores se estaban forrando en plena recesión. Mientras en las calles había millones de desempleados, los magnates del cine cagaban en excusados de oro y encima lo difundían para hacerse publicidad. Los reformistas culpaban al cine de la crisis y los predicadores exigían al gobierno que censurara las películas. Querían sepultar a Hollywood de una vez, con todos sus millonarios extravagantes y pecadores.

—Edi, yo quiero un excusado de oro.

—Los dueños de los estudios encontraron el modo de lavarse la cara. Contrataron a Will Hays, un político ultraconservador que entre los republicanos era considerado la lumbrera moral de la sociedad americana. Una combinación de congresista, predicador y comisario. Lo nombraron presidente de la Asociación Nacional de Productores y Distribuidores. Su principal labor fue elaborar un reglamento que regulara los contenidos de las películas.

—El código Hays.

—Estás en todo, mi Charly. La idea era que el cine mostrara normas correctas de vida y moral. Esto incluía la trama. Un delincuente, por ejemplo, no podía ser simpático, un sacerdote no podía ser tramposo, el adulterio no era placentero, la ley no podía ser violada sin castigo…

—¿Entonces de qué trataban las películas?

—Digamos que los directores se las ingeniaban con lo que podías adivinar fuera de cuadro. Es interesante lo que ocurría con la imagen. La violencia no podía ser explícita. Podían mostrar al asesino, pero nunca el momento en que incrustaba un hacha en la cabeza de la víctima. Y sobre el sexo, el perverso Hays era más específico. No podías mencionar la homosexualidad o las enfermedades venéreas, no podías mostrar en la pantalla partos, danzas sensuales, parejas interraciales, besos en los labios ni desnudos, aunque fueran parciales. Escucha bien: no podías mostrar el ombligo.

—Por Dios, ese sujeto era un criminal.

—Eso fue así hasta que se aprobó el sistema de letras por edades en el 67. Y luego llegamos nosotros, arrinconados en el alfabeto hasta las tres equis. El porno americano, mi Charly, es la válvula de escape de medio siglo de frustración sexual. Es lo que ocurre realmente cuando Superman se lleva volando a Luisa Lane, es el incesto de Luck Skywalker y la Princesa Lea. Ginger Rogers y Fred Astaire bailando desnudos en la cama. El porno revela qué es lo que hicieron Elizabeth Taylor y Richard Burton en *Cleopatra*, ¿te imaginas?, orgías flotantes sobre el Nilo con esclavas griegas y etíopes…

—Edi, no mames.

—Bien, voy al punto. Hasta hoy el porno ha sido el negocio de la parodia. Vivimos de los contenidos que nos proporciona el cine convencional. Pero las tendencias van hacia otro lado. Lo he visto, Charly. El mercado de imágenes está saturado de aburrimiento. El público convencional, el que va los miércoles a ver *Spiderman*, ansía ver la gran saga americana del sexo y el deseo. Estamos hablando del porno global, debemos estar preparados para eso, trabajar para públicos más amplios… —callé un instante y lo miré fijo a los ojos—. La historia de la era que viene, Charly, la contaremos nosotros.

El director de cámaras me miró con suspicacia.

—¿Neta, cabrón?

—A güevo.

—Ya en serio, Edi, ¿qué sucede?

—¿De qué hablas?

—No me chingues, tú nunca compras alimento para peces.

A Charly no puedo engañarlo.

—Es Magda. Me dejó. Se llevó al niño. Se encabronó por lo de la escena aquélla en el departamento.

—De verdad me apena, Edi.

—Lo sé.

—¿A dónde fueron?

—No tengo idea. Supongo que a Las Vegas, con mi suegra.

—¿Y cómo te sientes?

—No estoy seguro. De pronto estoy melancólico y en el momento siguiente me siento eufórico.

—Te entiendo.

—¿Cómo puedes entenderme? Tus relaciones más estables no duran más de veinticuatro horas.

Charly apartó la vista de sus huevos con tocino y piña, me miró muy serio y dijo:

—Tuve un sueño, cabrón.

—Carajo, aquí vamos de nuevo.

—Espera, tal vez esto pueda ayudarte.

—Ordenaré otro café —dije resignado, preparado para lo peor. Charly supone que sus sueños encierran conocimientos ocultos cuyas claves yo debo descifrar.

—Bien. Voy caminando sobre Hollywood Boulevard. Hay poco tráfico, es como un amanecer de domingo, sin vehículos aparcados junto a las aceras. Entonces un Lincoln dorado pasa a mi lado, muy lentamente, deslizándose como si flotara. Lo conduce un chimpancé.

—¿Quieres más tostadas? Voy a pedir otra orden.

—Es un macho adulto. Lleva puestos unos Dockers y una camisa amarilla a cuadros con un bolígrafo dorado en el bolsillo. El auto está equipado con un sistema de extensiones que le permiten alcanzar los pedales, el volante y la palanca de velocidades. En el asiento trasero viaja un monito. Una cría de chimpancé. Lleva puesto un overol de mezclilla.

—¿Cómo hacen los meseros para esfumarse justo cuando uno los necesita?

—El Lincoln sigue de largo y se detiene unos treinta metros adelante, frente a un entoldado verde que cubre toda la banqueta. El chimpancé adulto sale del auto, saca unas llaves de sus Dockers, abre la puerta deslizable y los dos monos entran al local. Sigo mi camino hasta llegar al entoldado. El local es una peluquería, con uno de esos cilindros que tienen en las buenas peluquerías.

—¡Hey, mesero!

—Acerco mi cara al vidrio para examinar el interior. El mono adulto se está colocando una bata de peluquero y el monito juega con unos cubos de madera. Las paredes del local están cubiertas de suelo a techo con fotografías enmarcadas y autografiadas. Son imágenes del chimpancé con celebridades. El mono con Ronald Reagan en un bar de Acapulco posando con sus bebidas tropicales.

—Oiga, tráigame una orden de tostadas, otro café y un terapeuta para mi amigo.

—El mono con gafas y corbata junto a Woody Allen en un set de televisión. El mono y el equipo completo de porristas de los Lakers…

—¿Te vas a comer esos frijoles?

—Espera. El mono y Pamela Anderson, muy sonrientes. En la foto ella está sentada justo en el sillón peluquero.

—¿El chimpancé le hizo un corte de pelo a Pamela Anderson?

—Es de suponerse.

—¿Y luego?

—El mono y el gobernador Schwarzenegger…

—Sí, ya, el condenado mono es una puta luminaria, ¿y luego?

—Bueno, ahora el mono me mira… no el de las fotos, sino el real… quiero decir…

—Te entiendo.

—El mono de mi sueño ya se ha puesto la bata y revisa cuidadosamente el filo de sus tijeras, y de pronto me mira, y pensé… y fue extraño porque el sueño era muy intenso, yo estaba profundamente dormido, y sin embargo mis pensamientos eran coherentes como si estuviera despierto…

Charly jugueteó con el silencio y con una tostada sobre sus frijoles. Siempre hace cosas así, se cree un maestro del suspenso.

—Entonces —siguió— pensé que justamente me hacía falta un corte de pelo.

—Bueno, eso es cierto.

—¿Tú que habrías hecho, Edi?

—No estoy seguro. Por un lado tenemos un chango con tijeras. Por otro lado, bueno, Pam…

—Pues esos son precisamente los factores que evaluaba cuando me desperté. Estaba muy agitado y recuerdo claramente que me dije: "Charly, no seas imbécil, ese chimpancé tiene unas tijeras afiladas entre sus garras de bestia salvaje".

—Se impuso la sensatez. Es una lástima.

—Espera. Miré el despertador. Eran las seis de la mañana y recordé que ese día comenzábamos a grabar hasta las diez, así que cerré los ojos otra vez y me volví a dormir. Y ahí estoy de nuevo frente a la puerta de cristal. Y desde el otro lado el chimpancé me mira y enseña sus dientes de mono triunfador, y el sueño era tan intenso como al principio. Volteo y miro hacia la avenida. La circulación comienza a hacerse lenta. Las palmeras del camellón empequeñecen hasta desaparecer en el fondo. Y sigo mi camino, alejándome de la peluquería.

Charly acabó de contar su sueño exactamente al mismo tiempo que terminó sus huevos Ula Ula extra grandes.

—¿Y en qué chingados crees que pueda ayudarme todo esto?

—Piénsalo… un simio con tijeras…

—Paga la cuenta, Charly.

¿Y sabes qué? Al final olvidé comprar la comida para peces. Me di cuenta al volver a casa esa última noche antes de comenzar la grabación. Uno de los titis había sucumbido a las embestidas polinesias. Los vodos dejaron pedazos de la víctima para mordisquearlos ocasionalmente. Los surukis merodeaban. Me pareció que preparaban una emboscada, esperando el momento propicio para desatar una carnicería contra los vodos. El resto de los titis permanecía atrincherado detrás del submarino. Tú no estabas.

El maldito alimento para peces.

De verdad lo pensé, mi amor.

Se declaraba un estado de emergencia. Fui a la despensa y encontré la caja de cereal y malvaviscos con la que sueles combatir la anemia de Chris. Vacié el contenido en el agua. Los malvaviscos de colores flotaron sobre la superficie junto a las manchas de aceite de oliva.

¿Lo ves? Todo tiene una explicación.

Más tarde recibí la esperada llamada del doctor Nikeshi. Todos los exámenes habían salido negativos. Estábamos listos para comenzar a grabar.

Esto también merece una explicación. Verás. A principios de los ochenta, tras una escandalosa serie de casos de sida entre *pornstars*, la industria fundó la Adult Industry Medical Health Care Foundation, benemérita institución que desde entonces examina mensualmente a todos los actores del porno duro en clínicas de Sherman Oak y Granada Hills. Sus siglas son tan complicadas como sus objetivos. Mis foros son asépticos como una sala de maternidad, y muchas personas como Nikeshi acumulan cifras considerables. Cuando se detecta alguna traviesa clamidia, un herpes recurrente o una sífilis rebelde, la Fundación se hace cargo. Pero si alguien resulta con VIH positivo, la industria detiene sus grabaciones durante unas semanas mientras cierran el cerco y aplican exámenes a otros actores que han tenido contacto con los infectados. El actor pierde su empleo y la Fundación argumenta que el virus lo pescó en una producción brasileña o en la alfombra de su casa. Eso, hasta que hace unos meses hizo su espectacular aparición Derrick Burts, alias Cameron Reid, alias Derek Chambers.

Detesto generalizar, pero Derrick tiene biografía de actor porno. Nació en Hemet, California, y desde niño quiso ser mago. Mostraba sus talentos en cruceros viales hasta que una mañana se encontró como recepcionista del hotel Marriot. Su fastidio y su tono muscular lo condujeron a posar desnudo para revistas gay. Unos días después ya estaba haciendo fila en una agencia de pornografía del condado de Orange. Los de la agencia vieron el signo de dólar marcado en su cuerpo bisexual. Derrick ingresó pronto en el porno gay. Contrajo el VIH en una escena oral sin condón. La Fundación cumplió con la misión para la que fue fundada: protegerle el culo a los dueños del negocio.

"La industria me abandonó", declaró Derrick, y se convirtió en activista. Ahora es un faro de la virtud y las buenas cosas frente a las cámaras. Los progresistas se regocijan con sus palabras de indignación y ven la luz en su cara de niño bonito arrepentido. Esto ha reactivado una campaña que exige el uso obligatorio del condón en las filmaciones. Nosotros respondemos que esa medida enviaría a la mayoría de las producciones a la clandestinidad, lo cual haría imposible mantener cualquier nivel de control sanitario. Es una cuestión de principios: en la lógica del porno duro, el látex bloquea el libre flujo de las fantasías.

"No puedes llevar condón y esperar que tu producto se venda en Europa": Branch Bacardí.

Derrick llora en las conferencias de prensa.

Por un extra en sus honorarios, el doctor Nikeshi también extrae objetos extraños de zonas delicadas, en caso de ser necesario. Prefiero no mencionar las cosas que he visto salir de ahí. También soluciona problemas dermatológicos, irritaciones, escoriaciones, erupciones, todo aquello que no podamos ocultar con el encuadre, el maquillaje o la edición. Si las universidades abrieran la especialización en medicina pornográfica, Nikeshi daría cátedra.

Después, otra larga noche de insomnio y vaguedad. ¿Te ha sucedido? La mente no se detiene, pero es incapaz de elaborar un pensamiento completo. Sólo hay fragmentos desordenados que circulan y se repiten obsesivamente. Y entonces amanece y se escucha el cantar de los pajarillos, y luego motores, cláxones, helicópteros, voces lejanas, la luz del día entra en la habitación blanquísima y yo intento escabullirme. No hay lugar para esconderse.

Bajé a la sala. Se respiraba una tensa paz en la pecera. El colorante del cereal se había disuelto en el agua. Los peces ignoraban las hojuelas, pero los malvaviscos habían desaparecido. Al menos ya no se veían enfrenta-mientos. Supuse que había encontrado una solución pro-visional para la nutrición de los peces. Más adelante pensaría en Smiley Fish. Teníamos llamado en el Mid-land a las siete de la mañana. *Latinas candentes 6*, el filme que exploraría las leyes ocultas del deseo.

Día 1 de grabación. Interiores.

Sonia y yo llegamos a la locación exactamente al mismo tiempo. Somos el engrane y el eje de una maquinaria bien aceitada. Un guardia nos esperaba en el almacén. El equipo de vigilancia nocturna había recibido instruc-ciones para facilitarnos los accesos por la zona de carga y mantenerse alejados de la producción. El interior se encontraba en absoluto silencio y el sonido de nuestros pasos rebotaba en el gran espacio. Planta baja: ropa, per-fumería, cosméticos y accesorios. Primer piso: electrodo-mésticos, herramientas y muebles. Segundo piso: licore-ría, *delicatessen* y créditos. El almacén es un gran cubo de concreto con escaleras eléctricas en el centro. Querida, no exagero: hay algo de lóbrego en un pasillo repleto de estufas, cuando la tienda está cerrada. Al principio hablábamos en susurros. Terminamos por acostumbrar-nos. Trabajaríamos de seis de la mañana a cuatro de la tarde. Los equipos especiales habían pasado gran parte de la noche anterior montando el set. Charly se tomó el asunto muy en serio, pero no perdamos el tiempo con tecnicismos que servirían para describir un comercial de barras energéticas. Vayamos al porno.

Todo comienza con una sesión de bromas guarras para relajar el ambiente. En mi plató, el estado de ánimo es crucial. Si hay nervios, que es lo normal, eso se puede arreglar durante la grabación. Si entras a cuadro con angustia, eso va a notarse, la escena saldrá mal. En algún punto no podrás contener la risa. La actuación en el porno duro exige cierto grado de especialización. Todo parte de un principio: es una cuestión de actitud. Después de tres horas de fornicación extenuante, sudando bajo reflectores de dos mil *watts* y con las indicaciones de un director taladrándole el cerebro, una auténtica *pornstar* puede sentir que se derrumba por dentro, que su vida entera es una broma guarra, pero si la cámara *behind the scene* le apunta al rostro, ella mirará hacia la lente con sonrisilla de satisfacción sexual: "Sí, mi amor, todo aquí va perfectamente".

Entre otras cosas, el escenógrafo Ben se hace cargo del suelo. El suelo que pisa una *pornstar* debe estar impecable. Una mancha en la planta de un pie, arruina la escena. Luego ocurre algo que sólo puede pasar en una realización de Salsa Films: Sonia registra el bolso y las pupilas de nuestra maquillista. No nos preocupa la salud mental del *staff,* o lo que hagan para estimularse, pero si Margarita Tóxica se pasa con las pastillas por la mañana, al mediodía los actores parecen personajes de teatro kabuki. Cuando está sobria, Margarita obra auténticos prodigios. Ignoro qué extraño ectoplasma aplica en nuestras actrices, pero no parece fácil conseguirlo. Grabamos casi siempre en interiores, sin luz natural y con muchos reflectores. Frank el iluminista es un sádico diagnosticado. Dice que trabajar en esto le reduce tensiones. Le agrada provocar sudor en las nalgas de las actrices.

Dan y Eva contemplan el aparador del departamento de damas. Los maniquíes exhiben la línea primavera-verano mirando estúpidamente hacia el vacío.

Acción.
DAN (nervioso): Mejor vámonos, nena.
EVA (autosuficiente): Relájate, recuerda que sobornamos al vigilante, no hay una sola razón lógica para que alguien más ande por aquí a esta hora.
DAN (suspicaz): El peligro no es una cuestión de lógica.
EVA (tierna): Cállate.

Elsa Martel es buena con los diálogos. Su actuación sería perfecta en uno de esos filmes de género sobre preparatorianos sin cerebro que viajan en grupo, se extravían absurdamente, se dispersan y terminan descuartizados uno a uno por algún psicópata con motosierra.

Te diré un secreto sobre la actuación. Lo que haga el elenco con mis diálogos, si son planos, exagerados o torpes, no me interesa, pero casi cualquier *pornstar* intenta mostrar tablas en las escenas argumentales. Lo hacen por pura intuición. Algunos de ellos son realmente buenos y otros pueden volverme loco. Una vez grabé a Katie Morgan. Obviamente no lo sabes, pero Katie es, según la revista *Génesis*, la octava maravilla del porno americano. Hija de un pastor cristiano, entró en el negocio para pagar una fianza de libertad provisional por tráfico de marihuana (la apañaron cruzando la frontera con dos kilos), y descubrió que era buena con los diálogos. No puede evitarlo, debe ser por su trabajo como locutora de radio. Katie Morgan habla demasiado cuando la grabas, cuando está fuera de cuadro y cuando discute sobre el contrato. Resulta desquiciante, pero es la mejor actriz de comedia que conozco. HBO realizó el documental *Una pornstar revelada*, en donde Katie afirma que tiene el IQ de un genio: 165.

Las lenguas de Dan y Elsa se enlazan juguetonas. Ella entrecierra los ojos y pone la cara que siempre muestra a cuadro: como si estuviera semidormida en el asiento de un autobús durante el trayecto a su empleo en un Seven Eleven.

Luego viene esa secuencia: mamada ella, mamada él, él arriba, ella arriba, por detrás, mamada ella, venida en la cara y corte a negros. No quiero aburrirte.

–Oh, sí, oh sí, papito, así, házmelo así… oh, sí… cógeme…

Los gemidos de Elsa Martel parecen producto de un cólico menstrual. Soy el responsable de su lanzamiento y, francamente, sigo sin entender por qué el público la adora. Elsa es la revelación exclusiva de Salsa Films. Interpreta a Eva, el protagónico de la serie *Latinas can-*

dentes; bajita, morena, con una larga y rizada actitud insolente. Su verdadero talento es la flexibilidad. Entre otras cosas, puede lamer su propia vagina.

Hace un par de años abandonó la preparatoria y la comunidad rural de Ronco, Texas, y se fue a vivir a San Diego para audicionar en el equipo de porristas de los Chargers. Ahí, frente al comité de selección, arqueó la espalda como si fuera un alambre. Su cuerpo se curvó hasta que la cara apareció entre las piernas. Miraba retadoramente a los jueces, con el mentón incrustado en la duela de madera. Los del comité de selección quedaron sinceramente impresionados pero, por una amarga ironía, fueron inflexibles. Uno de los requisitos para ser porrista de los Chargers es haber terminado la preparatoria. Su estatura tampoco ajustaba al reglamento. Ella alegó discriminación. La presidenta del comité le respondió que buscara trabajo como fenómeno de circo. Elsa los mandó a todos a chingar a su madre.

La conocí un par de meses después de su episodio con los Chargers. Trabajaba de mesera en el Hooters. Le pedí una hamburguesa con aros de cebolla y la chica me habló de sus sueños rotos. Cuando trajo el postre me mostró su flexibilidad, en un pasillo del Hooters.

Mientras la miraba contorsionarse tuve uno de esos escalofriantes momentos de certeza, como en la oficina de Coleman: ignoras la causa, pero sabes que debes hacer algo. Al terminar mi café le pregunté su edad. Me dijo que tenía diecinueve. Se veía tan joven que antes de firmar el primer contrato le pedí su registro de nacimiento y le advertí que si lo falsificaba ella misma se metería en problemas.

Una semana después filmábamos *Porristas en la cama* y ella se convirtió en Elsa Martel, un fenómeno: millares de fanáticos siguen su trayectoria de costa a costa. Ha hecho un montón de escenas vestida como porrista de los Chargers, agitando sus pompones.

Querida, ¿te conté alguna vez de Traci Lords? No, claro que no.

La célebre Traci inició su carrera de *pornstar* mintiendo acerca de su edad. Su precoz éxito en el porno duro de los ochenta le permitió incursionar en filmes convencionales de serie B. Y cuando se veía a punto de efectuar un salto cuántico hacia el Hollywood de los grandes estudios, se le ocurrió declarar a la prensa que había participado en filmes para adultos desde los diecisiete años. En esos días el FBI y el estado de California acosaban al Porn Valley por todos los flancos posibles: tráfico de drogas, financiamiento de las mafias, explotación laboral, insalubridad. Pero nunca habían logrado lo que una sola declaración de Traci. Algunos inadvertidos productores acabaron en los tribunales. Traci Lords es la desertora, la oveja descarriada de la familia, pero de algún modo lo ha logrado. Sigue apareciendo en películas de serie B.

A sus veintiuno, Elsa conserva intacta su apariencia de colegiala y su popularidad va en aumento entre los amantes de la edad legal, ese segmento de público que prefiere al equipo *teen*: pederastia al filo del reglamento, miradas pícaras en gestos inocentes, trenzas, listones, microfaldas tableadas, zapatos tenis, paletas de cereza, colchas con estampado de ositos.

"Ayer cumplí dieciocho y lo vamos a celebrar con una doble penetración."

Por ahora, Elsa podría encontrar empleo en cualquier otra productora del Porn Valley, pero sólo Salsa Films le da roles protagónicos.

—Oh, sí… oh, sí… sí, cógeme así, papi…

Entonces sucedió. Algo que había comenzado a bullir en mi alma insomne desde que te largaste, algo que aguardaba en la boca del estómago para brotar justo con la escena corriendo. Algo entre ansiedad, mareo y sudor frío. Un precario estado de iluminación artística. Algo inexplicable. Tal vez, Magda, la inspiración existe.

—Elsa —dije—, nunca había visto una mujer tan aburrida.

—¿Te parece?

Nada interrumpe la acción. Dan y Eva mantienen sus movimientos pélvicos. El porno es mecánico. Las cámaras siguen grabando. Joe el sonidista me maldice en silencio.

Otro lema de Salsa Films: todo a la primera toma.

—No te pido que hagas una fiesta, sólo quiero un poco de entusiasmo, que alguien note en la pantalla que cobras por hacer esto, ¿está bien?

En las últimas veinte películas, las únicas indicaciones que Elsa había escuchado de mi parte eran mecánicas: separa más las piernas, quítate el pelo de la cara, gira la cabeza, extiende los brazos, mueve la lengua, agita las nalgas, inclínate un poco más, ahora grita. El cuerpo funciona como una maquinaria al servicio de la excitación. De hecho, el peculiar estilo de esta actriz consiste básicamente en comportarse como si estuviera en consulta con el ginecólogo. Y de verdad, mi amor, el público lo compra.

—¿Motivación? —preguntó Elsa—, ¿eso quieres?

—Exacto.

—Bien.

Elsa comenzó a mostrar motivación.

—¡Oh, sí, sí, síííííí!

Ya no eran cólicos, sino un ataque de peritonitis. Bien. La exageración es una de las esencias del porno duro. Entonces noté que Dan me miraba aprehensivamente.

—¿Qué pasa, Dan?

—Puedo hacerlo, Edi.

—¿Qué, Dan?

—Puedo enfrentar retos, hacer un personaje complejo, expresar emociones sutiles… en fin… puedo hacerlo.

Eso no me lo esperaba. ¿Cómo le explicas a este lindo chico de ojos soñadores que lo necesario es, justamente, que sea inexpresivo? De hecho, detrás de sus hombros hay una cámara apuntando a Eva. En el POV (*point of view*), el hombre no sale a cuadro. Se busca el efecto de que es el espectador quien penetra a la actriz. El fisgón está adentro. De hecho, puedo pedirle al actor que lleve él mismo la cámara para una toma subjetiva, pero eso ofendería la exquisita sensibilidad de Dan Solomon.

Dan está fastidiado de los diálogos tipo "muévelo mami". No quiere admitirlo porque tiene que pagar su departamento en Granada Hills, su Fiat de modelo reciente y las chamarras de cuero que compra en Rodeo Drive. Peor aún, Solomon se ha puesto de moda: fue nominado como revelación del año en las listas Cel Porn de *Sex Celebritys*. Es joven, negro y guapo. Se rasura el cráneo. Su vientre y sus pectorales están marcados como los de un superhéroe de Marvel. Incursionó en el porno para pagar sus estudios de arte dramático en Berkley y participa en montajes de teatro independiente. Dan Solomon se interpreta a sí mismo, y cuando graba se cree Hamlet. Literalmente. Para concentrarse mientras trabaja, Dan ensaya mentalmente frases de Hamlet que ha memorizado. Eso nos lo aclaró desde que firmamos su primer contrato. Le sirve para "entrar en situación".

"Sólo estoy loco cuando sopla el noroeste, cuando sopla el sur sé distinguir un huevo de una castaña."

Cosas así. Si yo hubiera recordado eso, no le habría dicho lo que le dije:

—Bien, Dan, quiero que seas convincente. Piensa en esto: ¿qué tuvo que pasar para que Dan y Eva se encuentren aquí, a medianoche, fornicando en un almacén? ¿Qué voluntades jugaron en este juego? ¿Cuál es el estado de ánimo? Responde mentalmente esas preguntas. Trata de encontrar ahí, en tus reflexiones, la naturalidad de tu personaje.

Dan Solomon me escucha atentamente, muy serio mientras sigue bombeando a Elsa.

Pobre Dan.

Si me interesara ser creíble, seguiría grabando fiestas de quince años. En la vida real, en la justa dimensión de los mortales, nadie saca por gusto la verga segundos antes del orgasmo, las nalgadas no son siempre seductoras, agitar la lengua es infantil, resulta molesto que alguien repita *fuck* doscientas veces en veinte minutos, los pubis rasurados se irritan si no usas litros de lubricante, los penes curvos desconciertan, las mujeres no suplican que se las metan por el ano, les resulta incómodo coger con los zapatos puestos, y si les sueltan el esperma en la cara es casi seguro que se encabronan. ¿Estás de acuerdo, mi amor? La vitalidad del porno radica en lo inverosímil, sus fantasías son deliberadamente ajenas al sexo doméstico y nadie está pensando en renunciar a eso.

A Dan lo aceptaría de inmediato cualquier estudio importante de San Fernando, pero esa mañana él estaba interesado en enfrentar los retos que se presentaran en *Latinas candentes 6*. Explorábamos las leyes ocultas del deseo. Teníamos que darle algo.

—Concéntrate, Dan. Convéncenos. Piensa antes de actuar.

Dan se concentra. Elsa está motivada.

—Oh, sí, ooooh, sí, papito, házmelo así, ooooooooh, síííí…

"Húndase su alma, negra y condenada como el infierno en su antro más profundo…"

Elsa se contorsiona como un alambre:

—Assssíííí.

"Saliendo del festín, harto de vino, cubierto de pecados como flores…"

—¡Oooooooooh síííí…!

"Morir… dormir… soñar acaso…"

Y llega la hora del *cumshot*. Es el momento delicado de la grabación. Elsa puede fingir el orgasmo en un paroxismo sobreactuado, pero Dan debe eyacular. Es una cláusula del contrato. El esperma es el certificado de autenticidad de un filme: el clímax realmente sucedió.

"Si no tienes *cumshots*, no tienes una película pornográfica": Steven Ziplow, *Guía de pornografía*, un clásico.

A una señal del actor, todos en el set se quedan quietos, nadie habla, sólo se escuchan las respiraciones agitadas de los actores, y en medio del vacío Dan susurra:

—Estoy listo.

Todos saben hacia dónde moverse. Charly acerca la cámara. La iluminación se intensifica. Elsa se arrodilla. Dan se coloca de modo que la cámara pueda facilitar el primer plano.

Nunca falta un periodista o algún curioso universitario que pregunta: ¿por qué el esperma en la cara? Yo les respondo: pregúntenle al consumidor. Si ponemos eso en la pantalla, alguien pagará por verlo. Los grupos feministas opinan que el *cumshot* es un aberrante acto de sumisión machista. Probablemente tengan razón, pero no hacen demasiado ruido al respecto porque detestan coincidir en la banqueta, aunque sea por una vez, con los ultraconservadores antiabortistas y homofóbicos que también nos aborrecen. ¿Tú qué opinas, mi amor? Tal vez debería presentarte a mi colega Erika Lust. Ella es de Noruega pero hace tiempo que se mudó a Barcelona, la meca europea del *hardcore*. Realiza porno para mujeres: guiones elaborados, fotografía elegante, torsos y brazos masculinos, buena música, ternura y situaciones en las que la mujer abandona el estereotipo de objeto disponible y se desquita cuando descubre que el marido le pone el cuerno. Es la revancha porno del feminismo.

Menciono esto porque, según Erika Lust, los directores como yo debemos tener una patética vida sexual. Al menos eso es lo que declara cuando la entrevistan.

El porno para mujeres lo inició Anne Sprinkles en los setenta, después de protagonizar una escena de violación con tres tipos. Los gritos de terror que aparecen en aquella escena, son reales. Actualmente Sprinkles es una artista consumada.

¿Acaso fue el sexo, Magda?

Aun suponiendo que los adictos al trabajo estamos clínicamente imposibilitados para encarnar un Superman en la cama, no recuerdo orgasmos fingidos de tu parte. Al menos nunca lo percibí así, y de eso, amor, sé bastante. Soy Edi Montoya, incansable fabricante de orgasmos fingidos para exhibición masiva.

¿Fingías?

El caso es que Dan no termina. Se queda estático, mirando hacia los cielos de acrílico mientras los demás miramos la punta de su verga, como si de ahí fueran a salir nuestros cheques.

"Es la hora más siniestra de la noche, cuando se abren las tumbas bostezando…"

Lo intentamos un par de veces más, sin resultados. Elsa colabora lo mejor que puede.

En cierto sentido, la escena está arruinada.

No fingías, ¿verdad?

Esto me recuerda algo. Hace unos años filmábamos *Lujuria en la galaxia* xxx. Trabajaba con nosotros Toni Proeza, que por aquellos días era la sensación del porno duro español, un auténtico semental. Estábamos a punto de terminar una de sus escenas con Angelina, cuando Sonia, muy atenta, le dijo:

—Por cierto, Toni, llamó tu madre, dice que te reportes cuando vuelvas a casa.

El actor se quedó helado. No logró eyacular ese día. Lo intentamos al día siguiente y también fracasamos. Nadie nos había informado sobre su complejo de Edipo. No me pidas detalles, lo último que se te ocurre al contratar a un actor porno es aplicarle un test psicológico. No podíamos terminar la cinta si no teníamos una genuina venida de Toni Proeza sobre el rostro de Charo. Toni fue a terapia, ¿puedes creerlo? Después de tres meses en el diván anunció que estaba en forma otra vez. Voló a California y repetimos la escena. Reconstruimos todo: el vestuario, los peinados, la escenografía y el decorado del centro de mando de una nave intergaláctica para que Toni descargara sus mililitros de esperma sobre Angelina. Si ves *Lujuria en la galaxia* xxx, no podrás notar la diferencia. También era posible buscar algún pito parecido en el archivo para insertar *cumshots* de otros filmes, o Sonia podía preparar su mezcla especial de azúcar con clara de huevo pero, como he dicho, lo mío es lo clásico. Esos mililitros habían costado diez mil dólares.

En fin, mi amor, ese es el tipo de labores que nos ocupan a espaldas de las elegantes mansiones de Beverly Hills y Bel Air, al noroeste de Los Ángeles, en San Fernando Valley.

Pero estoy divagando.

Gradualmente, el pito de Dan Solomon va perdiendo presión sanguínea hasta que termina apuntando hacia el suelo, cabizbajo como un animal cansado.

"No sea que tu gesto lastimoso mi fiero intento ablande, y pierda luego fuerza y vigor: en vez de sangre, lágrimas."

—Necesito un frapuchino —dije.

—Esto va a requerir algo más que cafeína —respondió Sonia mientras buscaba las píldoras de Viagra en las profundidades de su enorme bolso.

Esa misma tarde Dan debía terminar esa secuencia con Elsa y luego realizar completo un trío con Charo y Angelina. Dan declaró que odiaba el Viagra.

—No me gusta, no es natural, lo veo todo azul —dijo—, veo coños azules.

Antes de que yo pudiera alegar cualquier estupidez sobre el contrato, Solomon se arrodilló en el suelo, echó las manos hacia atrás y luego inclinó lentamente la cabeza hasta tocar el piso con la frente. Si lo que intentaba era desconcertarme, lo logró.

–Sonia… ¿qué está haciendo Dan?

–Meditación tántrica.

–¿Y eso…?

–Es una antigua práctica espiritual de la India. Según las enseñanzas del tantra, el universo nace de la unión cósmica entre los principios masculino y femenino, el amor es la expresión de esta unión en el plano humano, la parte oculta y sagrada de la relación física entre dos sexos.

La zorra culta. ¿Cómo diablos llegó Sonia Furias a esa freidora de papas?

–¿Está invocando espíritus para que se le pare?

–No. En el tantra no existe una separación entre lo sexual y lo espiritual. Para ser precisos, está contemplando. El sexo es una conexión con lo sagrado.

–¿Siempre hace eso?

–Sólo cuando le complicas una escena, ¿qué diablos te pasa, Edi?

–A mí nada. Sólo busco una secuencia expresiva. ¿Cuánto crees que pueda durar esto?

Sonia encogió los hombros. Quería decirme por dónde podía meter mi expresividad, pero se contuvo. Tiene una paciencia de santa, la milagrosa zorra del desierto.

Ya mencioné mi gusto por lo clásico, pero quizá sólo soy anticuado. Yo prefiero a las *fluffers*. Antes de que la pastilla azul invadiera el mercado, empleábamos mujeres encargadas de mamársela a los actores para comenzar una escena, o mantener la erección entre cortes. La mayoría de ellas llegaban buscando obtener un papel en la película. Jamás salían a cuadro pero podían llegar a ser indispensables. Auténticas heroínas anónimas. Ahora es difícil conseguir un empleo de esos en el Valle.

¿Por qué nunca te hablé de estas cosas?

Para ganar tiempo mientras Dan Solomon "contemplaba", decidimos grabar una escena argumental.

Las Mercenarias Insaciables Uno y Dos de la mafia ucraniana operan un laboratorio oculto en los sótanos de almacenes Midland. Realizan complicados experimentos genéticos para servir a malignos planes de dominación global. Esa tarde escuchan ruidos extraños en la planta superior. Salen a averiguar qué sucede y se encuentran a Dan y Eva que acaban de coger sobre un aparador del departamento de damas.

Acción.

Mercenaria insaciable uno (intimidante): ¿Qué diablos están haciendo aquí?

Lo admito: fue mi precario estado de iluminación artística lo que irrumpió en la escena. Necesitábamos entrar en el ritmo de *Latinas candentes 6*.

—Eres mala —le dije a Angelina.

—¿Qué quieres decir, cerdo?

La personalidad de Angelina es volátil, sus recuerdos no le ayudan y no resultan muy originales. Tenía catorce años cuando fue violada por uno de los tipos que se acostaban con su madre. A partir de ahí, Angelina se dedicó concienzudamente a meterse en la cama con sujetos cada vez más violentos. A los diecisiete la enviaron a un reformatorio por atracar una *boutique* a mano armada bajo las órdenes de su amante en turno. Saliendo de ahí se fue a vivir con un tal Jack, un tipo que la golpeaba salvajemente y del cual se sintió verdaderamente enamorada. La enviaron a terapia y el especialista intentó propasarse. Este historial la llevó a una conclusión: todos los hombres, sin excepción, somos unos cerdos.

Nos conocimos en la Expo Sex de Sacramento, una de esas ferias regionales en donde la industria muestra sus productos, lanza sus títulos recientes y exhibe a sus actores exclusivos como ganado que firma autógrafos y se toma fotografías con cualquier imbécil. Angelina estaba sola y aburrida en el *stand* de Bubble Butt. Yo había escuchado algo sobre su mala fama. Insultar a los productores era lo anecdótico, los problemas venían cuando abandonaba las grabaciones a la mitad de una escena. No existe ninguna otra razón para prescindir de sus servicios; si logras conservarla en el set, Angelina es una estrella genuina. Descubrí la solución casualmente, hablando con ella: sólo tenías que ignorar sus insultos. "Hola, cerdo." "Hola Angelina, ¿sabes que te verías bien con una metralleta?"

Angelina abandonó el *stand* de Bubble Butt para firmar con Salsa ese mismo día. Durante el trayecto a mi oficina me confesó que nunca en toda su vida había sentido un orgasmo. Le creí.

Cuando hablo de entusiasmo en el porno duro, quiero

decir Angelina. Ella baja dos kilos en una escena y los recupera en los intermedios. Cuando aparece a cuadro despliega la energía de una atleta corriendo los cien metros planos en nueve segundos. Es capaz de hacer casi cualquier cosa que le pidamos. El *casi* lo agrego para referirme a aquello que resulte fisiológicamente inviable: si le indicas que se masturbe con la punta de un aeroplano, ella analizará la situación con toda seriedad. ¿Coger con cuatro? ¿Al mismo tiempo? ¿Con diez? ¿Bajo el agua? ¿En un parapente? ¿Con un simio? Llamen a Angelina, todos sus orificios están disponibles.

¿Romper un récord? En cierta ocasión Angelina y yo hablamos del asunto. Yo bromeaba, pero ella hacía cuentas mentalmente. En 2007, Erin Daye batió la marca que había impuesto Lisa Rostaxxx unos meses antes. Según los productores, novecientas dieciséis vergas lanzaron su esperma sobre Erin Daye. Los últimos cincuenta concursantes pagaron cincuenta dólares. Eso incluía el derecho a hacerlo sin condón y terminar adentro. Erin contó con la ayuda de Totally Thabita, que se los iba trabajando para ganar tiempo. La actriz descansaba cincuenta y ocho segundos exactos antes de volver a la acción. Candy Apples planeaba pulverizar la marca y plancharse a dos mil voluntarios, pero intervino la policía y canceló el evento en el número 723. Intentando romper el récord de cincuenta penetraciones anales, Ashley Brooks contrajo sida. El sacrificio fue inútil porque un año más tarde Victoria Givens alcanzó las ciento una penetraciones. Ahí tienes otra pregunta para intelectuales morbosos: ¿por qué esta manía por la exageración? Gemidos forzados, senos extra grandes, pitos de cuarenta centímetros y gargantas capaces de engullirlos, dobles anales, triples anales, récords demenciales. Esto también puedo explicarlo: es el cirquero que todo pornógrafo lleva en el cerebro. Somos los maestros de ceremonias en el gran circo de los deseos reprimidos.

Angelina interpreta a la Mercenaria Insaciable Número Uno de la mafia ucraniana. Su nombre artístico es homenaje a una *latin pornstar* que alcanzó fama interpretando el papel de secretaria con traje sastre, gafas y medias negras.

Angelina, francamente, no tiene la menor oportunidad de conseguir otro empleo en la industria. Su informalidad es célebre en todos los rincones del Porn Valley, pero tenemos una conexión que estábamos a punto de poner a prueba en el set, explorando las leyes ocultas del deseo.

—Eres mala, Angelina. Eres un agente internacional operando para la mafia de Ucrania, una organización de criminales peligrosos, ¿sabes qué significa eso?

—Ni idea, cerdo.

—Significa que eres cruel, gozas haciendo sufrir a los demás. Eres una sofisticada mente criminal. Y lo que menos te esperabas era encontrar a estos dos cogiendo en un aparador. Sólo por verte, ellos deben reconocer que sus pellejos corren un riesgo terrible. Si es necesario saca tus rencores, Angelina. ¡Toda tu actitud debe expresar que tu alma está llena de violencia!

—Como quieras, cerdo.

Lo que ella quería decir es: "Lo intentaré, pero no esperes milagros, cerdo".

Acción.

MERCENARIA INSACIABLE UNO: (intimidante): ¿Qué diablos están haciendo aquí estos dos?

MERCENARIA INSACIABLE DOS: No lo sé, no parecen espías.

MERCENARIA INSACIABLE UNO: ¿Los torturamos?

MERCENARIA INSACIABLE DOS: No sería correcto. Los usaremos en nuestros malignos experimentos de dominación global.

Las Mercenarias Insaciables Uno y Dos atan a Dan y Eva.

Y Angelina lo hizo bien. No era para orinarse en los pantalones, pero ciertamente había cierto tono temible en su actuación. No pensé que eso pudiera traer consecuencias en la siguiente escena.

Dan recuperó su equilibrio cósmico en media hora. Gracias a una violenta mamada ejecutada con todo el talento de la Martel, conseguimos el primer *cumshot* en ocho minutos. No tengo la menor objeción contra la cosa tántrica: veinte minutos después, Dan se reportaba listo para el trío.

Las Mercenarias Insaciables Uno y Dos examinan las cavidades de Dan, labor que las deja visiblemente excitadas, así que deciden hacerle un interrogatorio al más puro estilo de la mafia ucraniana.

Acción.

Dan recostado. Angelina se la mama mientras Charo coloca su vagina sobre la boca del actor. Luego, en absoluto silencio y sin mirar fuera del cuadro, los tres cambian de posición para que Dan penetre a Charo por detrás mientras ésta se lengüetea con Angelina. Un trío porno bien hecho exige precisión. Cada movimiento forma parte de un silencioso equilibrio de conexiones, una coreografía de sexo explícito. Es pura geometría.

Los miraba y pensaba: "Edi, estás haciendo lo correcto". Francamente, en el agotamiento frío de las últimas noches, pude pensar en multitudes. El año pasado produjimos una orgía en un *buffet* de comida tailandesa: veinte tipos, doce tipas y seis cocineros vestidos con filipinas preparando brochetas. Editamos un corto de veintiocho minutos y lo titulamos *Todo lo que puedas meter*. Puedo ser guarro si me lo propongo, pero esto era *Latinas candentes 6*. Explorábamos las leyes ocultas del deseo. Debíamos ser sutiles.

¿Eso nos faltó, Magda, comunicación? ¿Gastamos nuestro complicado sistema de negaciones hasta que lo hicimos estallar en pedazos? ¿Cuántas vueltas le podemos dar a la realidad antes de reventar la cuerda?

Dan se la saca a Charo para penetrar a Angelina. Angelina mira a la cámara.

—¡VAMOS PAPI, MÉTELA TODA!

No sé en cuál de los diez estudios que la han despedido pescó ese mal hábito de mirar a la cámara. Ciertos directores suponen que eso es ingenioso, como si ella estuviera pensando: *En realidad deseo hacerlo contigo, el tipo que está conmigo no significa más que un gran dildo carnoso y caliente que cobra honorarios.*

—Angelina, no mires a la cámara.

—¡VAMOS, MI CIELO, MÉTEMELA TODA! ¡TODA, QUE NO SIENTO NADA, CARAJO! ¡MUÉVETE, HAZ ALGO, MALDITA SEA!

Eso no estaba en el guión.

Lo que ellas dicen cuando las entrevistan es puro lugar común. Lo que realmente pasa por la cabeza de una *pornstar* mientras trabaja es un misterio.

—¿ESO ES TODO? ¡METE ESAS MALDITAS BOLAS, POR LO MENOS!

—No mires a la cámara.

La Mercenaria Insaciable Uno resopla como una locomotora ucraniana.

—¡VAMOS, PAPI, ESO NO ES UNA VERGA, ES UN GUSANO MICROSCÓPICO!

—¡No mires a la cámara!

Joe, el sonidista, maldice en silencio. Dan se encoge de hombros y (mierda) mira a la cámara.

—Estoy haciendo lo mejor que puedo —dice.

Vamos, Magda, en el fondo no va en serio, ¿verdad? Nunca te importó. Nunca lo oculté. Te hablé de eso desde la primera producción en forma de Salsa Films. ¿Lo recuerdas? Te reíste con una carcajada artificial, más bien histérica. Luego pasaste la siguiente media hora hablando sobre decoración de interiores. Después, cualquier estupidez que se nos ocurriese era un buen tema y nos divertíamos. ¿Qué nos pasó, Magda?

Yo te diré qué pasó. Fue la burbuja tecno-financiera del porno a finales de los noventa. La bolsa apostó a la informática. Las cuentas bancarias comenzaron a crecer. Nos mudamos a Burbank, tú decidiste convertirte en una despreocupada señora adinerada y yo no estuve ahí para notar la transformación. Me encontraba absorbido haciendo cuarenta películas al año. Y de pronto ahí estabas, con tu ropa deportiva de Gabana, tu gorrita de Versace, tus gafas Gucci, y tu cola de caballo, trepada en tu Mercedes, rumbo a un SPA de Beverly Hills.

Sé que comprabas libros de autoayuda. Hiciste lo mismo que hacen los consumidores de mis productos: los escondías debajo del colchón.

Carajo, Magda, estábamos irreconocibles.

Luego la burbuja estalló. Las compañías que habían apostado todo a la informática se desinflaron con despidos masivos y cada día una productora se declaraba en bancarrota. Salsa Films era como uno de tus pececitos nadando entre tiburones trasnacionales. Vivid hizo una oferta por Salsa Films. Adult Media hizo una oferta por Salsa Films. Disney, mi amor, hizo una oferta por Salsa

Films (aquí, por favor, imagina una cifra escalofriante). A todos les respondimos por escrito que venderíamos la empresa el día que Sandra Bullock y Julia Roberts protagonizaran un *gang bang* con doble penetración. Vivid comenzó a presionar para sacarnos del mercado. Nuestros distribuidores cancelaban contratos, los minoristas nos cerraban las puertas y el fisco amenazaba con embargarnos.

Y durante los siguientes diez años tú encontraste el modo de rodear los hechos: decoradores, autos, tratamientos de belleza, masajistas, viajes a las Bahamas. Y nunca encontraste un empleado que te dijera: "Lo sentimos, señora Montoya, su tarjeta está sobregirada".

En la última toma del trío, Charo y Angelina se la maman a Dan por turnos. Dan suda frío. De hecho, todo el equipo de producción piensa lo mismo: Angelina se la va arrancar de una tarascada y la sangre salpicará la lente de la cámara.

—Sigue grabando, Charly.

Quizá debí contarte también que la endogamia es común en la industria. He asistido a bodas de actores con actrices, actrices con productores, maquillistas con camarógrafos, y nunca quisiste acompañarme. ¿O nunca te invité? ¿Sabes que buscamos grabar posiciones en las que se evite el contacto entre los cuerpos, para obtener planos más claros de la penetración?

Dimos corte a la última toma del día sin mayores incidentes, pero Dan se veía abatido. Sonia intentó reconfortarlo con cifras.

—Vamos, chico, tú sabes que no va en serio, lo que tienes allá abajo lo tenemos asegurado en un millón de dólares.

Angelina estaba más relajada que nunca.

Tras diez horas de registrar sexo duro, Franki apaga las luces, Charly empaca las cámaras, Joe masculla insultos entre dientes, Margarita Tóxica consulta su carta astral, Conchita telefonea a su familia y Sonia supervisa el repliegue. Es agotador.

La verdad, Magda, es que el Smiley Fish ni me pasó por la cabeza. Volví directo a casa. Tú no estabas. No quisiera especular sobre el efecto de los malvaviscos en los peces tropicales, pero creo, Magda, que los vodos alucinaban.

Otra noche en blanco en la habitación blanca. Con el insomnio frecuente descubres que el silencio está repleto de ruidos molestos. Pasan las horas y esos ruidos se vuelven estridentes. Cuando amanece sientes que el zumbido de tu cerebro despertará a los vecinos.

Antes de salir directo al Midland, vacié el resto del cereal con malvaviscos en la pecera.

Sí, los vodos alucinaban.

Día 2 de grabación. Interiores.

Las Mercenarias Insaciables Uno y Dos están a punto de destripar a Dan y Eva cuando el detective Dis Big, el eterno némesis comisionado por la Agencia Internacional Orden y Progreso para detenerlas, irrumpe en la escena disparando su

Magnum. Sorprendidas, las mercenarias se dispersan. Buscando a las chicas del comando ucraniano, el infalible Dis Big merodea por la sección de muebles y se encuentra a la dulce Eva atada en una cama king size.

—No voy a hacerlo, Edi —advirtió Elsa. Cada extremidad de su cuerpo estaba sujeta a un ángulo de la cama en la sección de muebles. La colcha tenía un estampado de relojes cucú.

Haciendo las cosas con cautela, los actores masculinos logran durar hasta una década en el negocio; las actrices, en cambio, en menos de tres años pueden pasar de la portada del DVD a aceptar dobles anales, y de ahí a esperar una llamada que ya no llegará. Atribúyelo si quieres a la brutalidad de los realizadores, pero la verdadera carnicería está en el mercado. El público es voraz.

Nuestra estrella *teen* está en la etapa de las portadas y posee fascinantes prejuicios católicos. Aún se niega a la penetración anal. Para demostrarlo se tatuó un escorpión surgiendo de la última lumbar. Ya caerá.

En ese momento llamó Werner Coleman. Se oía ligeramente excitado.

—¿Cómo vamos, Edi?

—Trabajando sobre la cuerda floja, señor Coleman.

—Relájate. Financiaré tu película.

—Me alegra oír eso.

—Acabo de depositar en tu cuenta del City los seiscientos setenta mil que calculamos, ¿recuerdas? Y una cantidad extra para imprevistos.

"¿Calculamos?", pensé.

–Agradezco su confianza.

–Para mí es un placer.

–Señor Coleman.

–Dime, Edi.

–¿Qué lo hizo cambiar de opinión?

–La firmeza que demostraste ese día en mi oficina. La forma como defiendes lo que crees. Eres un chico listo. Me convenciste. Yo también quiero decir cosas. ¡Exploremos las leyes ocultas del deseo, Edi!

–De acuerdo, señor Coleman.

Lo más sensato era consultarlo con mi productora ejecutiva.

–Sonia –le dije–, Coleman depositó el dinero de la producción, así, sin avisar. ¿No es raro? Dice que soy listo.

–No le creas. Déjame ver qué puedo averiguar.

La zorra hizo algunas llamadas mientras yo convencía a Elsa Martel.

–Elsa –le dije–, esto es importante para el argumento. Lo harás porque eres profesional. Ya sabes cómo es: expresiones de placer y sufrimiento en la misma toma.

Apelar al profesionalismo puede calar hondo en la sensibilidad de un actor porno. Es un buen recurso, pero hay mejores. Claro que hubiéramos podido arreglar el guión para que Angelina hiciera el sado, y sin duda lo habría hecho con mayor esmero, pero Elsa presentaba una ventaja: estaba nerviosa. Sus morenas piernas abiertas en un ángulo de sesenta grados vibraban a una frecuencia imperceptible para la cámara. Unas piernas profesionales.

Hay un vínculo eléctrico entre el control y el placer. El porno duro sólo lo activa. Sólo es una variable más en el mercado del sadismo. Tú qué dices, querida, ¿alguna vez has sentido un chispazo de crueldad-deseo? ¿Nunca pensaste en amarrar boca abajo a tu instructor de pilates, amordazarlo y meterle un sacacorchos por detrás?

¿Te fugaste con tu instructor de pilates?

Big extrae de su cintura una navaja y coloca el filo sobre la yugular de Eva.

BIG (con mirada perversa): Será mejor que me digas quién eres y por qué te amarraron a esa cama si no quieres que te destripe.
EVA (insolente): Estoy de vacaciones, hijo de perra.

Lenta, obscenamente, Big desliza su gran lengua amoratada por el juvenil cuello de Eva, que está aterrorizada.

Karl Gluten, veterano del porno, interpreta al detective Dis Big. Un dragón amarillo con ojos inyectados de sangre repta por su gran espalda de rubio hipertatuado. A sus treinta y ocho aún puede mantener una erección durante tres horas a base de puro gingseng. Ha circulado por todas las productoras importantes del Porn Valley, también ha participado en producciones de Tokio,

Hungría, Dinamarca y Berlín. Trabaja sin abrir la boca, a menos que le pagues por hacerlo. A Gluten no tienes que darle indicaciones. Con él no hacen falta correas de cuero ni látigos, ni cualquier otro elemento de la parafernalia sádica. Gluten tiene en su cuerpo lo necesario para hacer que una escena se impregne de crueldad. Es una cuestión de actitud. El curvo pito de Gluten es en sí un instrumento de tortura. Definitivamente le ha resultado muy útil su paso por el porno japonés. Se ha vuelto un especialista. Mirando su serena actuación uno comprende la esencia de la tortura y la sujeción. No se trata de rabia o demencia, sino de acciones razonadas en una relación de control. Un ejercicio de poder. No hay masoquistas, hay víctimas.

Debo admitir que Elsa logró una excelente ejecución de la cautiva satisfecha.

Siempre detesté a tu instructor de pilates.

Dis Big derrama su esperma sobre los párpados de Eva, y corta de un tajo las ataduras con la navaja que no soltó en toda la escena.

¿Sabes, mi amor? Contemplo los últimos cuadros de esa secuencia y me digo: "Edi, eres un artista". Eso, un pornógrafo, un esteta del plano de carne. La escena se presenta como el producto acabado de una idea, como si de verdad tuviéramos algún control sobre la imagen.

¿Cómo se llama aquel tipo que envió un mingitorio para que lo exhibieran en un museo? Simplemente se paró ahí enfrente y dijo: así son las cosas. Es una cuestión de actitud.

Desatamos a Elsa. Ni nos miró. Se fue al camerino sin decir palabra. Ella me odia hace aproximadamente catorce películas.

Sonia anunció que había noticias frescas.

—Werner Coleman está en problemas. Vendió unos cuadros impresionistas que resultaron ser falsificaciones. Y no cualquier falsificación. Unas copias perfectas. Las mejores que se puedan encontrar. Los tipos que trafican con eso ya engañaron antes a los curadores del Museo de Arte moderno de Nueva York y a la Academia de Bellas Artes de Washington. Parece que han colocado piezas falsas en Basilea, en el Jeau de Paume y en un montón de museos importantes de Europa. La compañía que certificó la autenticidad de las piezas se borró del mapa; el personal abandonó sus oficinas en California y el FBI tiene metidas las narices en esto.

—¿Cómo averiguas este tipo de cosas?

—Esto es California, Edi, es imposible guardar secretos.

—¿Y Coleman?

—Se declaró en quiebra. Necesita depositar su dinero en cuentas que no estén a su nombre.

—¿Y qué haremos?

—Este jodido embrollo es problema de Coleman, no nuestro. Nosotros tenemos que terminar esta basura en dieciocho horas si no queremos acabar también en quiebra.

Por mi parte, los papeles están en regla. Pertenezco a una generación de realizadores que han hecho su vida profesional a distancia de los tribunales. Hace ya más de cuarenta años que Dinamarca se convirtió en el primer estado moderno que legalizó el porno, pero en California, desde que en el 69 una corte de San Francisco despenalizó el *hardcore*, el camino de la ley ha sido accidentado.

1973: Miller *versus* California. Marvin Miller administraba un próspero negocio que consistía en enviar fotografías de sexo explícito por correo. El pueblo lo acusó de obscenidad. Miller acudió a la corte de apelaciones, pero su solicitud fue denegada, así que recurrió a la Suprema Corte de California. La corte exculpó al empresario, alegando que definir obscenidad resultaba "problemático". De ahí surgió el histórico *Test* Miller, que definió los criterios para una acusación de obscenidad:

1. Debe probarse interés lascivo.
2. Debe mostrarse un ambiente sexual agresivo.
3. El material debe carecer de valor científico, literario o artístico.

Por eso los productores registraban las películas como documentales educativos.

1987: California *versus* Freeman. Acusaron al director Harold Freeman de proxeneta. Una vez más la Suprema Corte revocó la sentencia. En el dictamen se declara que sólo se habría encontrado culpabilidad si Freeman hubiera contratado a sus actores para satisfacer sus propios deseos sexuales, o los de otros actores.

Fue una larga campaña del gobierno de California para regresar la pornografía a la ilegalidad. Juicios, demandas, alegatos, sobornos y sentencias que debieron suceder para que tipos como yo adquieran hipotecas con la tranquilidad del deber cumplido. Horas, días, años oxidados en los tribunales para que tú compres tus bolsos Louis Vuitton, amada mía.

Pero quiero aclararte algo: no soy un liberal. Desconfío de esos progresistas tan orgullosos de sus ideas que pagarían por tener un hijo homosexual y exhibir ante el mundo su mentalidad abierta y sus convicciones políticas. Yo, amor mío, soy un labrador de la culpa y el pecado. Sin nuestras conciencias de pecadores, sin la sexualidad reprimida, lo que yo hago no sería más que un exotismo para públicos marginales, una minoría de maniáticos compulsivos. No es el gobierno, ni los jueces ni los congresistas quienes controlan los sutiles mecanismos que pretenden ocultar el sexo, llevarlo a las zonas oscuras. Silenciarlo. El poder que reprime el sexo viene de abajo. Está en las calles. Hemos hecho del sexo algo vergonzoso para después expiar nuestras culpas de un modo espectacular. Los predicadores y los pornógrafos trabajamos en el mismo terreno: sexo y culpa en las mentes de nuestro público. Y las calles son nuestros confesionarios. Mira los puestos de revistas, la publicidad. Mira a los peatones en los cruceros. Míralos con cuidado. Puritanismo, hipocresía, autorrepresión y sexo. Adoro este país.

Al final, mi amor, sólo soy otro tipo que paga sus impuestos.

Carajo, Magda, la verdad no entiendo cuál es el problema. ¿Piensas que no soy el padre adecuado para nuestro hijo?

Chris ha crecido como todo niño americano normal: bajo la sólida educación de la televisión por cable. Ocho canales especializados en programación para menores de siete años son más eficaces que la morfina sintética y a la larga resulta más barato. Lo sé porque yo mismo he pasado horas enteras al lado de Chris, ambos babeantes, hipnotizados ante la aparición de dinosaurios anaranjados, crustáceos parlantes, monigotes peludos que cocinan pasteles de manzana mientras cantan y bailan y son absurdos y felices. Horas de calidad con el dictadorzuelo mientras tú deambulas por Macy's buscando el reloj que retroceda tus treinta y tantos. Crustáceos parlantes. Me fascinan. Estas sesiones resultaron tan gratificantes que el Kids Channel inspiró una serie de lanzamientos en Salsa Films: *La orgía de los teletubbies*, *Horny Barney* y *Perversiones de un gusanito*.

¿No soy un padre magnífico? ¿Qué es necesario para ser un buen padre? ¿Debo encontrar una respuesta en mi propia experiencia como hijo? Veamos. Teódulo Montoya Serrano, hijo de jornaleros inmigrantes provenientes de un pueblo de la mixteca llamado San Mateo. Repito esto último de memoria. Prácticamente no conozco México. Conozco mejor las calles de Budapest o de Bangkok que las de Tijuana. Cuenta papá que mis abuelos murieron jóvenes y agotados por la miseria y la pizca. Teódulo llegó a Los Ángeles y se dedicó a cuidar caballos, barrer prostíbulos, repartir *pizzas* y vender televisores en un gran almacén de electrodomésticos a crédito, hasta que lo nombraron gerente de sucursal y le pusieron un saco de color verde, una sonrisa reglamentaria y un gafete enorme. Esta última actividad y una férrea disciplina de gastos le permitió forjar un pequeño patrimonio, comprar una casa de madera, un Ford Pinto, y abrir un fideicomiso para financiar los estudios de su hijo único, aceptado en la Universidad de California. En sus términos, eso equivalía a comprarme un futuro. El primer año los números resultaron favorables. El viejo me visualizaba como un abogado exitoso, cargado de sólidos principios y corbatas italianas, o un médico que encuentra la cura contra el cáncer, o un astronauta reparando el sistema de refrigeración en la estación espacial internacional, la base en Houston retransmitiendo un mensaje a la nación: "Veo toda esta inmensidad y pienso en el infinito número de lavadoras que papá facturó para que yo me encuentre aquí, flotando en gravedad cero…"

Con el dinero de la inscripción al segundo año en la UCLA, Charly Prado y yo realizamos nuestro primer corto: *Mamada para tres*.

Todo comenzó una mañana del verano de 1994. Mi reserva de cinta VHS se había agotado en un bautizo, así que fui a una sucursal de Fuji. Tenían ahí una pizarra de anuncios de ocasión. Eché un ojo mientras esperaba mi turno. Buscaba alguna Canon en oferta cuando vi aquel letrero:

¿Criterio amplio? Después de grabar sesenta fiestas de quince años en East L.A., mi criterio era del tamaño de Texas. Venían bien unos dólares extras.

Así comencé a trabajar en los estudios Lube, una pequeña productora de San Fernando especializada en porno interracial. Su nómina de *pornstars* era como una representación a escala del nuevo orden mundial: húngaras, rumanas, checas, búlgaras. Desde la caída del muro de Berlín, Europa Oriental disfrutaba las fantásticas oportunidades laborales ofrecidas por el capitalismo. El porno duro solucionaba problemas de desempleo en Budapest, Praga y Moscú. La industria se globalizaba a tal velocidad, que la mitad del *staff* de Lube había desertado aprovechando la jugosa oferta de un grupo de inversionistas japoneses para abrir la filial de una productora española en Estambul.

Permanecí con Lube durante tres meses, curtiéndome en jornadas extenuantes de doce horas, atento a cada detalle de lo que ocurría, un día tras otro, sin parar, hasta que una tarde, después de grabar una complicada secuencia de equilibrio sobre una mesa de billar, me dije: Edi, puedes hacerlo. Y eso fue todo. Al día siguiente retiré el dinero que me aseguraba un futuro, llamé a Charly Prado y grabamos una comedia ligera con un elenco de rusas bellísimas y neuróticas que no hablaban una palabra de inglés. Las habíamos sacado por la puerta trasera de los estudios Lube con promesas que jamás cumplimos.

Cuando mi padre se enteró se desgarró las vestiduras, literalmente. Quedó semidesnudo y bufando bajo la mesa del comedor.

Mi madre había temido durante años que mi vida acabara de un modo previsible: pandillas, *crack*, armas, prisión, muerte. Su temor se fundaba en lo que se oía por las calles de La Purísima: ráfagas de metralleta, ulular de patrullas y vuelos rasos de helicópteros. Dadas las circunstancias, la vocación de su hijo no pasaba de ser una rara deformación, pero las imprecaciones de mi padre lastimaban sus castos oídos.

Nunca hubo comprensión para mi aventura pornográfica. Jamás la esperé. *Mamada para tres* resultó un éxito.

¿Cómo debe actuar un buen padre? A mí, por ejemplo, me preocupa la educación de Chris. Sé que no soy el tipo más indicado para educarlo. Mi trabajo consiste en reproducir un rentable estereotipo hispano de sirvienta sexual para consumo de un público mayoritariamente anglosajón (nuestra mercadotecnia se basa en una sola premisa: a algunos gringos les gusta ver mexicanas cogiendo con otros gringos). Mi conocimiento sobre nuestro origen es fragmentario. Intento imaginar México y sólo visualizo un salón de fiestas decorado con papel picado y publicidad de cerveza. Los invitados visten penachos con plumas, sombreros de mariachi, vestidos rosas de quinceañeras. Todos beben *brandy* Presidente con Coca-Cola.

¿Christopher Montoya? ¿En qué carajos estábamos pensando?

Se me ocurre algo.

Chris, hijo mío, así como vivimos este gran sueño americano, al sur de la frontera hay otro sueño: un lugar mágico de terrenos baratos con vista al mar. Un lugar en donde los ciudadanos americanos podemos alejarnos de multas de tránsito acumuladas, líos fiscales y desproporcionadas demandas por daños y perjuicios. Un destino para que los privilegiados hijos de América beban y forniquen libremente antes de cumplir los veintiún años. Un auténtico edén para gringos pensionados: drogas baratas, embriagantes margaritas al dos por uno y dólares sobrevaluados. Una democracia plena en donde los empleados del McDonald's de aquí experimentan los lujos de un ejecutivo de allá. Así es, hijo mío, hay un *mexican dream*.

Será mejor que volvamos al Midland.

El decorador Ben se reportó listo para la escena del solo con Charo. Ben es uno de esos homosexuales de San Francisco. Ha desarrollado un gusto tan exquisito, que se viste como un paria. Su dedicación le aporta refinamiento a las producciones de Salsa. Ben y su equipo habían tardado seis horas en transformar un pasillo de la sección de electrodomésticos, pero el resultado era impactante: dildos de todas las especies cubrían veinte metros de estantería: vibrantes, oscilatorios, trepidatorios, antropomorfos, metálicos, de acrílico, de látex, morados, transparentes, descomunales, luminosos, lubricados, decorativos, colgantes, flexibles...

En su intento por ocultarse del detective Dis Big, la Mercenaria Insaciable Dos descubre que Almacenes Midland cuenta con una inmensa variedad de juguetes sexuales.

Acción.

Charo pasea por la estantería. Coloca los dildos que le agradan en una canasta de supermercado. Cuando la canasta está llena, selecciona el más grande. En la mitad del pasillo hay un oportuno banquillo giratorio con la altura exacta para probar las ventajas de la mercancía.

Charo Regis interpreta a la Mercenaria Insaciable Dos. Es la única actriz del elenco que nació en México. Es de Tingüindín, Michoacán. Su verdadero nombre es Rosario Hernández. A los once años viajó a Tucson en compañía de Susana, su madre, quien buscaba a una prima suya llamada Nancy. Susana consiguió pronto un empleo como pedicurista y dos años después ya administraba su propio salón de belleza. Una esforzada y talentosa madre, otra gran historia de realización personal. Mientras crecía, Rosario pasaba tardes enteras en el salón, vaciándose frascos de aerosol en el cabello. Ella sola se convirtió en un peligro para la capa de ozono. Se pintó tantas veces el pelo que olvidó su tono original. Sus folículos hacían brotar filamentos rosados, rubios, negros, marrones. Cuando la conocí, Rosario había transformado su afición por los aerosoles y los cosméticos en un oficio redituable: vendía productos de Avon a domicilio. Tocó a mi puerta y preguntó por ti. Ofrecía cremas rejuvenecedoras de última generación. Aquel día tú estabas en el gimnasio y, seamos francos, ya habías probado todo lo disponible en el mercado. Si esos productos retrasaran el envejecimiento como lo anuncian, tú aún no habrías nacido.

Con la intención de quitármela de encima, le repliqué a la representante de Avon que los corporativos trasnacionales de la cosmética torturan gatos para probar sus compuestos químicos. Bueno, lo leí en alguna parte.

—Esas cosas pasan —me respondió—, hay una raza de alienígenas que hace experimentos con humanos. No les provoca la menor culpa. Viajan por las galaxias recolectando muestras de especies inferiores para un gran museo espacial.

Miré sus ojos verdes de soldado suabo. Si algún talento poseo es que sé reconocer a una mujer dispuesta a coger frente a una cámara.

—¿Es en serio?

—Absolutamente. Son humanoides, su piel es casi transparente, complexión delgadísima, cráneos calvos y abombados y unos grandes ojos negros con destellos metálicos. Se alimentan de compuestos proteínicos y practican religiones animistas.

No adquirí ungüentos para la vida eterna, pero una semana después Rosario y yo firmábamos un contrato para grabar *La vendedora*, la primera película de una serie sobre una agente de cosméticos a domicilio que invariablemente termina haciendo lésbicos con sus clientas. Escribí y dirigí *Lujuria en la galaxia xxx* inspirado en sus delirios. Por favor no te pongas celosa. Charo es incapaz de fijarse en alguien que no sea un perfecto imbécil.

Por eso jamás llamo a las agencias de porno. Si lo necesitas, el *casting* toca a la puerta. Sólo hay que estar atento.

Charo se consagró con nosotros y ha trabajado para las grandes firmas del Porn Valley. Le queda poco tiempo en el negocio y lo sabe. Sus contratos cotizan a la baja. Por eso le dieron un AVN por la mejor escena anal, una despedida elegante.

¿Hay otro lugar fuera de Las Vegas donde premien el talento para recibir una verga por el culo? Dios bendiga América.

Actualmente, nadie trataría a Charo Regis mejor que yo. Cualquier otro director le pediría que hiciera precisamente lo que haría una *pornstar* desesperada. Yo, en cambio, le indico que se pruebe algunos dildos, y que ella misma los escoja. Volver a Salsa Films es como volver a casa.

Colocamos una cámara fija hacia el rostro. Cuando comienza la secuencia, Charo apenas juguetea con el artilugio vibrante. Los experimentados pliegues de la Regis se dilatan apaciblemente. Charo sabe darle ritmo a una escena solitaria, transita gradualmente de las caricias a los espasmos bruscos. Conforme el orgasmo se aproxima, lentamente se devela una imagen religiosa: la virgen de oxigenada cabellera recibiendo al espíritu santo, la inmaculada concepción y la acometida del ángel pornográfico. Grabamos en pleno trance místico.

Magda, querida, ¿sabes, al menos, qué son los AVN? La entrega de premios organizada por el consorcio mediático Adult Video News, es el máximo galardón que otorga la industria del porno a sus talentos. Los entregan cada año en Las Vegas desde 1984. Mis películas han ganado dieciséis. Son esos cilindros de cristal que están en la vitrina y que tanto te disgustan. Tal vez no lo comprendas todavía, mi cielo, pero el pervertido subnormal que abandonaste es nada menos que Edi Montoya, indiscutible zar del porno duro latino.

Cuando terminamos la toma, Charo fue a su silla, se vistió con una bata afelpada de color rosa y sacó de su bolso un recipiente de plástico con ensalada de atún.

Y no puedo evitarlo. Cada vez que estoy cerca de ella, siento el deseo incontenible de polemizar sobre el asunto alienígena.

–¿Cómo puedes estar tan segura? ¿Qué pruebas tienes?

–No hacen falta pruebas. Ellos se han comunicado con algunos de nosotros.

–No chingues.

Lo apasionante de estas charlas es que Charo habla del asunto con cierta solemnidad.

–A veces envían señales que sólo unos cuantos podemos captar telepáticamente.

–¿Y qué dicen?

Charo dejó por un instante su ensalada de atún y bajó el volumen de su voz, como si de verdad otro mundo nos vigilara.

–Nos advierten sobre lo que ocurrirá. Son la forma evolucionada de nosotros mismos. Habitan nuestro futuro. Salieron a colonizar el espacio después de aniquilar todas las formas de vida en este planeta. Sólo conservaron bancos de ADN y ciertas bacterias que se adhieren al metal. Evolucionaron hasta dominar la transportación a través del tiempo. Sus cuerdas vocales se atrofiaron y ahora se comunican por medio de ondas cerebrales. Entre ellos hay grupos disidentes que pretenden alterar nuestro destino, pero sus autoridades lo prohíben. Dicen que se podría ocasionar un desastre en el continuo espacio-tiempo. Podría significar hasta la aniquilación de su propia especie.

Y así va este mundo de creencias. Charo Regis cree que los extraterrestres se comunican con ella, y su madre cree que la señorita Rosario vive de lo que gana vendiendo productos de Avon.

–No entiendo. ¿Qué caso tienen las advertencias si el desastre ocurrirá de cualquier manera?

–Eso es un misterio. Supongo que es algo parecido a

ver una de esas series cómicas que ya has visto muchísimas veces. Ya conoces el final, pero la vuelves a ver.

—Carajo… si lo hubiera sabido antes.

Charo había logrado una escena sin tropiezos y después dejó un interesante punto de reflexión. Necesitábamos ese grado de serenidad. Seguía el lésbico Charo-Angelina y entre el *staff* continuaban los rumores sobre la posibilidad de que Angelina pulverizara el set en un arranque de inspiración. Hablé con ella antes de iniciar la primera toma.

—Sólo relájate. Olvida lo que hablamos ayer. Entre las mercenarias hay compañerismo.

—Como tú digas, cerdo.

Mercenarias Insaciables Uno y Dos se reencuentran. Ahora preparan un plan para asesinar a Dis Big. Por alguna razón inconfesable esto las excita, así que, distraídamente, Mercenaria Insaciable Uno propone a Mercenaria Insaciable Dos hacer una merecida pausa en el trabajo, sobre la plancha de operaciones. Las mercenarias son realmente insaciables.

Acción.

Mercenaria Insaciable Dos abre y flexiona las piernas de modo que Mercenaria Insaciable Uno explore su vagina con los dedos. Cuatro dedos. Angelina está relajada. Demasiado, tal vez.

—¿Volviste a salir con aquel tipo?

Angelina preguntó esto como si aplicara una manicura. Ella y Charo han trabajado juntas en unas veinte películas. Existen ciertos problemas que sólo pueden ocurrirle a una *pornstar* y sólo ellas conocen los caminos para salir de ahí. En esa confusa mezcla de resignación y aspiraciones que conforman la corta vida laboral de estas mujeres, se forman ciertos extraños saberes que no comparten con el resto de la humanidad. ¿En qué pensó Jenna Jameson? ¿Recuerdas aquella miniserie que vimos en el People & Arts? A Juana de Arco la acusan de herejía por afirmar que Dios personalmente le gira instrucciones. En la última escena la queman viva y no hay gestos de dolor en su rostro. Nació para eso.

—Sí, pero te juro que fue la última vez. Lo único que quiere es coger y sacarme el dinero.

—Todos son unos cerdos.

Nada de eso está en el guión. Charo y Angelina comadrean.

—No puedes desconfiar de todo el mundo todo el tiempo. Es imposible vivir así.

—Sólo digo que hay que estar preparada para cuando tu angelito se convierta en un hijo de puta.

—Hay hombres decentes.

—Claro, también hay chivas de dos patas.

—¿Quieren hacer el favor de gemir, por favor?

Ése fue Joe, el sonidista amargado. Tarde o temprano todos se relajan, menos Joe. Él piensa que su talento se desperdicia con nosotros, que debería estar con Spielberg, concentrado en los rugidos del Tiranosaurio Rex para alguna secuela de *Jurassic Park*. Algo falló en su vida, un renglón torcido en la escritura de su destino, alguna mala estrella que desvió su trayectoria.

—Jódete cerdo —le respondió Angelina.

Nadie comprende al sonidista Joe.

—Señoritas —dije—, lamento interrumpir su disertación sobre la condición humana, pero Joe tiene razón. Están arruinando la toma. Esto no es una sesión de fotos.

Por unos minutos, las actrices se concentran en lo suyo.

—¿Te gusta? ¿Te gusta lo que hago en tu cosita?

Pero Charo había pensado en el asunto. Era una discusión antigua como el tiempo.

—No puede ser, todos necesitamos buscar algo bueno en las personas, aunque sea para sobrevivir. ¿Nunca has pensado en buscar algo así en el interior de las personas?

Y se rieron.

—Angelina tiene razón, todos los hombres son unos cerdos—, dijo Sonia, fumando desde su silla, invadiendo la escena con humo de cigarros cubanos.

—¿Lo ves? —agregó Angelina.

—Mi vida es una mierda —declaró Joe.

—Esta secuencia tendrá más cortes que un salami —sentenció Charly.

—Corten —dije—, Angelina, no puedes prejuzgar a la gente de ese modo. Charo, apreciamos tu fe en la humanidad, pero en algún momento tienes que hacerte respetar. Apaga esas malditas luces, Frank.

Ya había sido un día bastante extraño. Demasiado tarde para el Smiley Fish.

Volví a casa. Cuando entré noté que los titis se habían revelado. Creí percibir filamentos de odio en sus frías miradas de peces. Los vodos examinaban cuidadosamente la situación y los surukis escudriñaban el fondo de la pecera en busca de escondites. Tú no estabas.

No pretendo hacerme pasar por mártir o registrar la epopeya de mis noches en vela; sólo apuntaré que a las cinco de la mañana apareció un ex luchador en la tele, con el mandil puesto, explicando las sorprendentes posibilidades culinarias de un refractario de vidrio combinado con un horno eléctrico. Puedes asar carnes y cocer verduras al mismo tiempo, y cuando terminas, el recipiente se lava sólo con un sistema centrífugo.

¿Valió la pena exponer el físico veinte años sobre el ring para acabar demostrando las indiscutibles ventajas del Flavor Wave Turbo?

Apenas logré dormitar unos minutos en toda la noche. Supongo que, después de varias jornadas de insomnio, mi cerebro comenzó a producir alguna estimulante sustancia endógena. No sentí rastros de cansancio cuando llegó la mañana y brinqué fuera de la cama. Fui a la cocina y vi la caja vacía de cereal con malvaviscos. Me dije: "Alimentaré a estos pobres bichos escamosos aunque sea lo último que haga". Pero eso debía pasar después. Teníamos llamado en el Midland a las 7:00 a.m.

<u>Día 3 de grabación. Exteriores.</u>

Los Vals Brothers han despedazado ciudades enteras para Touchstone, pero ésta era su primera participación en una producción porno. Nosotros nunca habíamos hecho una escena con efectos especiales. Ellos estaban más nerviosos que nosotros. Debían lanzar el Hummer desde el techo al mismo tiempo que un doble saltaba del vehículo, un segundo antes de caer al vacío entre el fuego, mientras las mercenarias estrenaban los lanzallamas en segundo plano. Los Brothers proponían lanzar el auto con el tanque vacío y al momento del impacto detonar un cartucho de C4.

Sonia no acababa de creerlo.

—Edi, el contrato de alquiler no especifica que podamos usar el techo del edificio.

—Tampoco dice que no podamos usarlo, ¿de qué nos sirve un Hummer si no podemos lanzarlo al vacío?

—Te lo advertí. Si hay explosivos, renuncio.

Un tanto decepcionados, los Vals dijeron que podían lanzar el auto y después digitalizar la explosión. La zorra aceptó a regañadientes.

—Está bien, tendrás tu escena. Sólo espero que esto no se nos salga de las manos.

—Sonia, estos tipos saben lo que hacen.

—¿Y tú, Edi? ¿Te das cuenta de que jamás usamos ese estúpido piano que compraste?

—No te preocupes. Si quieres también podemos arrojarlo desde el techo.

−¿Y qué carajos tiene todo esto que ver con "decir algo", "leyes ocultas" y la manga del muerto? ¿Qué mensaje pretendes darle a la humanidad?

−No chingues con eso ahora, Sonia.

Era demasiado tarde para formular esas preguntas. La intuitiva zorra ya había notado que mis argumentos no apelaban a la lógica, sino a la desesperación, pero en ese punto mi estado mental no era una prioridad. De cualquier modo yo ignoraba la respuesta correcta. La secuencia costaría ciento veinte mil dólares sin contar el valor del auto.

Entonces el viejo Coleman llamó por teléfono. Nuestra relación comenzaba a adquirir cierta profundidad.

−Edi −me dijo−, necesito que retires el dinero de la producción.

−Como guste, ¿dónde quiere que depositemos?

−No quiero que transfieras, sino que tengas el dinero contigo. Nada de bancos por ahora.

−¿Dónde se supone que voy a poner seiscientos setenta mil dólares?

−Oye, chico listo, ¿tienes tiempo para escuchar una pequeña lección de arte moderno?

−Desde luego.

−Escucha. Hace unos diez años compré una pieza de un tipo llamado Autum Beter, una estrella fugaz del arte conceptual austriaco. Era una tinaja enorme llena de agua hasta el tope, con pelotas de goma de colores chillones flotando en la superficie. Esa gran mamada estaba cotizada en veinticinco mil dólares, y yo tenía indicios de que si apuntaba en la dirección correcta, podía revaluarla por cien mil en un par de meses. Sé de estas cosas. En esos días el huracán Sylvia azotó las costas de California. Una de las vitrinas de mi galería reventó y el agua entró en un chorro justo sobre la tinaja. Las pelotas se esparcieron por mi sala de exhibición. ¿Sabes qué sucedió después?

—Supongo que usted llamó a la compañía de seguros.

—Exacto. Los de la aseguradora llamaron a Beter y lo subieron a un vuelo en primera clase de Viena a Los Ángeles, escala en New York. El tipo llegó a mi galería, solicitó una manguera, llenó de agua la palangana, puso a flotar las pelotas y se regresó a Viena esa misma noche. ¿Sabes por qué?

—Porque si otra persona hubiera colocado las pelotas en la palangana, el certificado de autenticidad se habría invalidado y la pieza perdería su valor en metálico.

—Tú eres un chico listo. El arte nos brinda esta enseñanza, escucha: el dinero es una cuestión mental, una abstracción. Sólo tienes que pensarlo.

Una bella lección, sin duda. Werner elogiaba mi inteligencia para salirse con la suya y así funciona la cadena evolutiva. Sólo el más apto sobrevive. Como tus peces.

—Veré qué puedo hacer, señor Coleman.

Por supuesto, yo no pensaba mover un dedo hasta que mi productora ejecutiva averiguara qué estaba tramando nuestro productor asociado. La zorra del desierto hizo que su teléfono celular funcionara como un *call center* antes de entregar un reporte completo:

—El fisco auditó ayer a Werner. Está prófugo. Nuestro productor asociado resultó un tipo descuidado. Parece que dejó a la mano las notas de depósito. Nuestras cuentas ya no son seguras. Cuando los federales llegaron a detenerlo a sus oficinas de Malibú, ya estaban colocados los anuncios de una nueva compañía inmobiliaria. Angelina tiene migraña, la maquillista llegó drogada y en Salsa reportaron que la máquina de frapuchinos está averiada. Pinche día de mierda.

Hasta entonces, yo pensaba que si alguien empujaba a Coleman desde lo alto de un rascacielos, en la banqueta se estrellaría cualquier otra persona.

—¿Y qué debemos hacer, entonces?

—Retirar el dinero antes de que nos congelen las cuentas. Y terminar esta basura.

Tenía razón. Charly estaba ocupado ajustando los movimientos de cámaras, así que mientras los equipos especiales preparaban la gran escena de acción, le pedí a Charo que me acompañara al banco. Dejamos el oscuro frenesí del Midland, abordamos mi Isuzu Tracker y salimos rebotando hacia Burbank. El sol bañaba América. California hervía de actitud y neurosis.

¿Sabes, Magda, por qué los pioneros del cine abandonaron Nueva York para venir a instalarse a Hollywood? El sol. La intensa luz del desierto. En el Atlántico tenían que interrumpir las grabaciones a las seis de la tarde.

Charo desbordaba optimismo.

—Entonces retiraremos seiscientos setenta grandes y los pondremos en una maleta.

—Y alimentaremos a los peces de mi esposa.

—Qué bien.

No es necesario hablarte del infierno que significa ir al banco en Bonanza Street, pero resulta fascinante que de una ciudad desquiciada como Los Ángeles surjan tantas fantasías sin problemas de estacionamiento. En el City Bank solicitamos un retiro en efectivo. Los empleados de la sucursal nos miraron con desconfianza. Charo conservaba sus botas de mercenaria insaciable y un abrigo de cuero negro. Yo vestía una playera estilo Acapulco con arrugadas palmeras amarillas; mis ojeras grises eran notorias detrás de las gafas oscuras. Nos reportaron un saldo a favor de un millón de dólares. El viejo Coleman había agregado doscientos treinta mil "para imprevistos". Mis papeles estaban en orden. Sobre una mesa acomodaron el dinero. Puro billete nuevo. Charo se tomó algunas fotografías de celular junto a aquella montaña de efectivo. Era algo intimidante. Ella, por cierto, adora el dinero, pero el suyo lo gasta en un tiempo menor al que tarda en ganarlo. Detesto generalizar, pero así son las *pornstars*. Todo el tiempo están endeudándose entre ellas. Charo, por ejemplo, despilfarra sus ganancias en vividores profesionales y uno que otro parásito con suerte. Lo dicho, es un país libre. Colocamos los billetes en una gran maleta de Avon, salimos al trote y abordamos el Tracker.

Entonces lo vi.

En la acera de enfrente había un Dodge cuatro puertas de color negro estacionado en doble fila. Adentro estaban dos tipos. El conductor encendió el motor. Salimos al tráfico denso de Bonanza Street y el Dodge iba detrás de nosotros. No se tomaron la menor molestia por disimular.

—Charo, ¿ves esos tipos del auto negro?

La actriz miró a través de su espejito portátil.

—Sí, ¿por qué?

—Creo que nos siguen.

—¿Qué clase de enfermo combina una corbata azul cielo con un saco café?

Pero eso no importaba, amor, porque teníamos una misión: la gran tienda de mascotas La Garra, sobre Sepúlveda Street.

Van Nuys, Cedros, Willlis, Roscoe Boulevard, barrios habitacionales, zonas comerciales, escuelas de danza, gimnasios, restaurantes chinos, tailandeses, italianos, armenios, prostíbulos trasnacionales, despachos de abogados, talleres mecánicos, lotes de autos usados. Ahí estaba el Dodge.

En La Garra adquirimos una gran lata de croquetas para peces Smiley Fish (tu marca favorita, amor) y una boa constrictor de seis metros. Esperaba que el encargado me proporcionara algún tipo de instrucción sobre cómo debía alimentarla o qué hacer en caso de que se resfriara, pero se limitó a sujetarla con unos ganchos metálicos, extraerla de su exhibidor y colocarla en un gran contenedor de plástico sobre el mostrador. Luego me pasó la factura. Dos mil dólares. Por supuesto pagué en efectivo. En el estacionamiento Charo me ayudó a subir el aparatoso artilugio para boas en el asiento trasero del Isuzu. No se veía convencida.

—¿Pará que quieres una boa, Edi?

—Aún no estoy seguro. Hay cierta simbología sensual, piénsalo: lo oculto, la sabiduría, la malicia. Puede ser útil. Mírala. Imagínala en un combate sexual.

—Estás demente si crees que me voy a meter en la cama con eso.

—No estoy pensando en una cama. Sería como en los primeros tiempos de Hollywood: filmaban una secuencia con los elementos que tuvieran a la mano y después averiguaban qué utilidad podía tener aquello. Si no servía, la guardaban para la siguiente película. Esos tipos ignoraban que estaban a punto de crear un imperio.

Salimos del estacionamiento y ahí estaba el Dodge.

Intenté perderlos trazando una ruta absurda: Granada Hills, North Hills, Panorama City, lotes de autos usados, lavanderías, zapaterías, locales de hamburguesas y allá vamos, con una bestia prehistórica de ciento veinte kilos en el asiento trasero, un millón de dólares y un auto descontinuado siguiéndonos a corta distancia. Podía calcular el precio de sus trajes baratos por el retrovisor.

¿Asaltantes de mal gusto? ¿La Sociedad Protectora de Animales? ¿El fisco? ¿El Comité Evangélico Para La Salvación De Las Almas? "Paranoia", me dije, "un millón en paranoia pura, ése es el resultado del desgaste, el estrés, el trabajo excesivo como mecanismo permanente de evasión, relájate, Edi, estás viendo visiones, piensa en otra cosa", pensé, "piensa en alienígenas".

—Dime, Charo, ¿hay porno intergaláctico?

—Claro, Edi.

—¿Porno duro?

—No lo entenderías.

—Puedo intentarlo.

Charo resopló, como si el tema la incomodara.

—Bueno, esta especie desarrolló técnicas de inseminación tan infalibles, que el sexo funciona solamente como esparcimiento. Tienen máquinas produciendo frecuencias que viajan en el espacio, imperceptibles para mentes tridimensionales como las nuestras. Se producen sensaciones que van más allá de nuestros sentidos, podrías sentir un orgasmo en cada célula de tu cuerpo. Tener sexo significa transportarse a otra dimensión. Para masturbarse emplean aceleradores de partículas. Es algo parecido a nuestra realidad virtual, pero abarca un campo de percepción mucho más amplio. Imagina millones de conciencias conectadas a una red. Es una orgía extrasensorial. Para los seres terrestres resulta incomprensible lo que significa tener sexo con el alma, coger con el cosmos.

—¿Cómo el *tantra*?

—No. Esto no tiene nada de místico. Es pura tecnología.

—¿Podemos subir eso a internet?

—Te dije que no entenderías.

Te juro, Magda, que sus verdes pupilas se dilataban gradualmente hasta cubrir por completo las retinas.

—Y tú alguna vez…

—No seas cochino, Edi.

Templos budistas, evangelistas, presbiterianos, mormones, católicos, mezquitas, sinagogas, sectas clandestinas, todas las promesas de Dios sobre esta Tierra, y ahí estaba el Dodge. Así de monótonas son las persecuciones fuera de las películas. Torcimos el rumbo en el entronque de la 405 rumbo a Malibú, acelerando a ochenta millas por hora (bueno, el Isuzu no da para más). Ahí estaba el Dodge. Aquellos tipos no tenían prisa.

¿Por qué lo hice?

Tú sabes, querida, no soy alguien en busca de emociones fuertes. Recordemos que llevaba demasiadas horas despierto y que en una situación así resulta fácil confundir una reacción histérica con una idea brillante.

¿Por qué enfilé hacia Maverick Falls hasta llegar al lote propiedad de Bill King Sayonara, magnate de los autos usados, que se encuentra justo en la zona de curvas? ¿Por qué mantuve el Tracker a setenta millas hasta girar de pronto, derrapando, dejando marcas de los neumáticos frente a los sauces que cubren la entrada al lote de Bill? Era justamente el predio que usamos para filmar exteriores, sexo panorámico con vistas al gran Pacífico a precios razonables. ¿De dónde saqué el carácter? No tengo idea.

Nos adentramos por una angosta brecha de tierra que serpenteaba entre riscos y cactáceas. Estos autos japoneses son como las *pornstars* asiáticas, compactas y de apariencia frágil, pero se mueven bien en terrenos escabrosos.

Charo y yo nos quedamos mudos, ocultos detrás de unas bugambilias mientras escuchábamos pasar el taciturno motor del Dodge a unos veinte metros de distancia.

Tal vez supongas que menciono todo esto para que digas: "Qué tipo intenso este Edi, qué vida emocionante, volveré a sus brazos de inmediato". Piensa lo que quieras.

Cuando abandonamos el accidentado predio de Bill King Sayonara ya nadie nos seguía.

De regreso a Burbank sin contratiempos, Charo esperó en el auto mientras yo subía al departamento. Tú no estabas. Tus peces, los sobrevivientes, casi inmóviles en el agua verdosa, observaron con sus irracionales ojos saltones el suave descenso de material orgánico industrializado y compactado en cuadritos. Era previsible que desconfiaran. Habían experimentado demasiadas situaciones extrañas en los últimos días. Pensarás que estoy enloqueciendo, pero te juro que uno de los vodos parpadeó. Por cierto, ¿Qué chingados haces cuando se muere un pez?

Así de confusas estaban las cosas cuando Charo y yo volvimos a los almacenes Midland sin otra novedad, a tiempo para grabar la secuencia de persecución.

Desearía que lo hubieras visto. Era hermoso. El equipo de Charly Prado había ensamblado un *dolly* con un recorrido de cuarenta metros sólo para grabar a la Mercenaria Insaciable Uno persiguiendo al detective Dis Big por toda la galería.

Las Mercenarias Insaciables Uno y Dos han arrinconado al detective y ahora lo persiguen, armadas hasta los dientes.

Acción

Angelina corre con agilidad de gacela. Si crees que eso es irrelevante, te recuerdo que las mercenarias insaciables calzan botas de reluciente cuero negro hasta las rodillas, con plataforma y tacones de aguja. Los taconazos suenan como disparos de una pistola calibre 22. Joe el sonidista odia sus micrófonos. Por momentos temo que la actriz resbale sobre el mármol y me pregunto si nuestro seguro cubriría una fractura de coxis. Luego recuerdo que el pago de la póliza está vencido.

Al mirar las tetas de Angelina balanceándose con la violencia de una tormenta, por una fracción de segundo evoqué a Savannah, legendaria, trágica Savannah de inconfundible flequillo rubio, el mito erótico de los noventa en formato vhs, tan popular que el ejército la llamó al frente para alegrar el difícil trance de las tropas americanas enviadas a la guerra del Golfo, tan indisciplinada que Vivid la despidió en 1994. Sólo tenía veinticuatro años cuando se estrelló en su Corvette contra un árbol, completamente pasada, a escasos metros de su mansión en Malibu Beach. Aturdida, la bella se miró por el espejo retrovisor. Una visión fatídica. El accidente le había ocasionado laceraciones en el rostro y una fractura de nariz. Savannah salió del auto, caminó a casa, entró tambaleándose y se pegó un tiro en la cabeza. Murió en el hospital.

Angelina, por su parte, lo hace bien. Las cosas están saliendo bien. Lo estamos logrando. Un filme que dirá algo.

Desbordábamos confianza cuando subimos a la azotea del Midland para la escena del Hummer y los lanzallamas. Una costosa secuencia con efectos especiales, un vehículo en caída libre y llamas de quince metros. Los Vals Brothers se reportaban listos

Dis Big ha alcanzado su vehículo estacionado en la parte alta del Midland. El Hummer aparece entre el fuego y sale disparado desde la azotea hacia el abismo. El teniente salta del auto mientras las agentes ucranianas disparan sus lanzallamas desde dos flancos.

El personal de Vals Brothers está conformado por auténticos profesionales. De verdad, te impresionaría esa violencia calculada con precisión milimétrica, todos esos ensayos, la dedicación y el profesionalismo que se requieren para despedazar un auto de ciento veinte mil dólares. Eso bastaba para mí. Colocaron una rampa con planchas de acero para rebasar el muro de contención. Luego trabaron la dirección del Hummer y lo impulsaron con la fuerza de una Ram Charger unos cuarenta metros sobre el techo del almacén.

Acción

El vehículo se lanza en vuelo no tripulado a unas sesenta millas por hora.

¿Y sabes qué? Al chocar contra el suelo, el puto auto estalló. Los pedazos salieron disparados en todas direcciones. La onda expansiva derribó cámaras y *staff.* Fue un milagro que los archivos digitales se salvaran. No hubo heridos graves porque las medidas de seguridad de Vals Brothers son muy estrictas, excepto, claro, cuando algún imbécil olvida vaciar el tanque de gasolina. El estallido debió escucharse hasta Ucrania. Los bomberos llegaron de inmediato. Sonia se negó a informarme qué fue lo que le dijo al capitán para que volvieran a su estación con un reporte sin novedad. La policía nunca apareció. Sólo un helicóptero de CNN sobrevoló la zona.

Afortunadamente, las siguientes tomas eran para interiores. Los equipos especiales de Salsa Films demostraron una vez más su proverbial eficacia. Un complejo sistema de andamios ocupaba la galería central del Midland, veinte metros de suelo a techo.

La Mercenaria Insaciable Uno y el detective Dis Big, frente a frente. Han recorrido el planeta entero bajo la consigna de asesinarse el uno al otro. Trepando por los tubos, Angelina persigue a Gluten hasta acorralarlo en la parte más alta de la estructura. Ahora el detective, herido, se encuentra en manos de su peor enemiga.

Acción

Mercenaria insaciable uno (maliciosa): Al fin te atrapé, detective Big, la pesadilla de las mafias, el asesino de mi padre.

Dis Big: Eso es una vil mentira. Tu padre murió durante un bombardeo en Indonesia. Intentamos salvarlo, pero todo fue inútil.

Mercenaria insaciable uno: Eres un cobarde mentiroso.

Dis Big: Y tú eres una demente. ¿Olvidas acaso que perdí un ojo al caer en una de tus minas explosivas?

Mercenaria insaciable uno: No eran mías. Esos fueron los del comando suicida de Zanzíbar.

Las suposiciones de ambos se basan en información falsa. En el fondo, lo que impulsa esta guerra personal no es el afán vengativo por destripar al otro, ni los siniestros intereses de las mafias internacionales, sino una desenfrenada atracción oculta.

Ahora Dis Big está herido y desarmado. Angelina le apunta con su negra 9 milímetros escuadra. Se miran. Ella avanza cautelosamente, acercándose al detective sin dejar de apuntar.

Dis Big (su ojo único brilla como el acero de un puñal asesino): Vamos perra, dispara de una vez, termina ya con esto.

Mercenaria insaciable uno (sarcástica): ¿Sabes qué es lo que más detesto de ti, detective?

Dis Big y la agente quedan cara a cara. Una mirada calibre 45 con cartuchos expansivos.

MERCENARIA INSACIABLE UNO (seductora): Tus músculos.

Bruscamente y sin soltar el arma, la mercenaria rodea con sus brazos el cuello del detective y sus labios sedientos se adhieren a los de él, como una lamprea cachonda. Dis Big responde con la misma intensidad.

Intensidad, carajo. La violencia de ese beso adquiere la lascivia húmeda y palpitante del mejor *hardcore* americano.

–Cierra el plano, Charly, cierra el plano.

Cuando se emociona, Charly se da instrucciones a sí mismo.

Ahí, sobre el andamio, a veinte metros sobre la planta baja del Midland, en el momento climático del filme, los enemigos mortales se despojan de sus chalecos antibalas. La mercenaria realiza una mamada en suave equilibrio sobre el barandal, a veinte metros del suelo. El gesto de Dis Big expresa un supremo esfuerzo por no enloquecer. Los cuerpos adquieren una reluciente languidez, entre gemidos prolongados, movimientos sinuosos y sutiles espasmos.

Hasta Sonia Furias comenzaba a sentirse acalorada. Podíamos sentirlo, oleadas de energía expandiéndose desde los andamios a todo el set, como frecuencias hedónicas alienígenas.

Los movimientos espasmódicos de Angelina rompen

con todas las convenciones del porno duro. Ahora exploramos las leyes ocultas del deseo, hacemos del sexo la última epopeya, la batalla definitiva, la travesía de los argonautas, la explosión de la Estrella de la Muerte del Imperio, el muro de Berlín, las torres gemelas, el nuevo orden mundial, el génesis y el apocalipsis, el amor y la guerra. Hemos dejado de ser una parodia.

Entonces apareció el equipo SWAT. Eso tampoco estaba en el guión. Habían desprendido sigilosamente las láminas de acrílico y ahora descendían velozmente con sogas por la bóveda central del Midland, disparando haces de luz, invadiendo la escena con sus linternas.

—Abre el plano, Charly, ábrelo.

Angelina se está viniendo.

Realmente.

Una, dos, tres, muchas veces.

Aterrizaron sobre las escaleras eléctricas con casco, pasamontañas y lanzagranadas.

—Sigue grabando, Charly.

Agotado, Gluten derrama su esperma sobre el abdomen de la mercenaria.

Charo no pertenecía más a este mundo, había trascendido las densas líneas del placer total, reencarnada y empapada en sudor.

—Es tan extraño —susurró—, me siento más frágil que nunca… es como si los demás pudieran escuchar mis pensamientos…

Luego nos arrestaron a todos.

No quiero aturdirte con una historia más de brutalidad policíaca. Sólo apuntaré que nos remitieron a la delegación de San Fernando y que mi interrogatorio se prolongó por seis horas. El sujeto de la corbata azul cielo es el detective Gillespi, del Departamento de Policía de Los Ángeles; el tipo de persona que besa la frente de sus hijos media hora antes de machacar el cráneo de un sospechoso con la puerta de su Dodge, uno de esos sujetos salidos de series de televisión en donde el asesino siempre aparece, y ahora están metidos en todos los departamentos de policía de California. Es el mismo tipo del Dodge que nos perdió la pista en Maverick Falls. Al parecer eso lo había puesto de mal humor. Me preguntaron sobre redes de tráfico de arte, bandas de falsificadores, subastas fraudulentas, lavado de dinero, me hicieron ver cientos de fotografías de criminales (muchos de esos rostros aún deambulan por mi mente). Los detectives jamás pronunciaron el nombre de Werner Coleman. Dije que no sabía de qué hablaban. Me presenté como un artista del celuloide, un honrado contribuyente. Expliqué que, como todos en California sabemos, hacer películas exige la disponibilidad de mucho dinero en efectivo, que claramente estaba siendo víctima de discriminación y que mis abogados podían llevar esto a los tribunales con una demanda por daños. Gillespie respondió que le fastidiaban los desplantes de tipos como yo. Nunca especificó a qué se refería con "tipos como yo". Después me soltaron.

—No hay prisa —me dijo—. Parece que usted sólo tiene un problema temporal de memoria, pero estoy seguro de que eso tiene solución. No salga de la ciudad y no haga tonterías. Ya verá que sus recuerdos comienzan a volver. Cuando eso suceda, llámenos. Créame que estaremos al pendiente.

Debo reconocerlo: Gillespie sabe inocular el grado preciso de ansiedad en su interlocutor. Detesto que la realidad imite a la televisión.

Sonia me esperaba afuera de la estación, tripulando su Barracuda (sí, tiene un Barracuda). Salimos disparados rumbo a Bonanza Street.

−Tengo una buena noticia y una mala, Edi.

−Sonia, necesito buenas noticias.

−Bien. Soltaron a todos los de la producción después de tomarles huellas dactilares. Logré convencer a Dan y Elsa de que nos esperen en el estudio, pero se están poniendo difíciles.

−¿Y la mala?

−Llamó Randall. Quiere que saquemos de inmediato nuestros equipos del edificio. Dice que nunca hablamos de incendios ni de policías.

−Bueno, tiene razón. ¿Cómo se enteró?

−Edi, nuestras dos últimas tomas salieron en los noticiarios de la tarde, pasaron todo: la explosión, el operativo SWAT, Angelina encuerada...

−Perfecto. Aún no acabamos de grabar y ya estamos diciendo cosas.

−Ahora el *staff* está cargando los tráileres.

−¿En dónde van a descargar?

−En Salsa, ¿dónde más?

−No puede ser. Los cuatro foros están ocupados.

–Pues a menos que empecemos a despertar proveedores ahí descargaremos. O si prefieres, ponemos un equipo de doscientos mil dólares en la banqueta.

El *jet* privado se esfumó en el triángulo de las Bermudas. No se hallaron sobrevivientes.

–¿Quedará espacio para grabar la secuencia con Dan y Eva?

–Edi, dentro de media hora tu oficina parecerá campo de refugiados. Y hay otro asunto pendiente. Hice algunas llamadas. La policía está detrás de Tartakov, pero quieren averiguar exactamente quién pone el dinero. Rastrearon las operaciones bancarias recientes y te encontraron. Eso explica que estén detrás de ti. Suponen que estás recuperando efectivo para los inversionistas y que sabes mucho más de lo que les has dicho. Lo que no entiendo es qué hace el Departamento de Policía de Los Ángeles metido en un asunto del FBI.

–Sonia, ¿qué clase de amistades tienes?

–Las adecuadas. Mejor hablemos de ti. Coleman se les escurrió de entre las manos y necesitan un pez gordo para no quedar como idiotas. No te van a dejar en paz por ahora.

–Así que Gillespie supone que mi vida es emocionante. Esa sí que es una buena trama. No sé qué hacer.

Sonia detuvo el auto con un derrape sobre Hollywood Boulevard. Me miró. Entonces vi esa mirada turbia de vieja zorra del desierto. Al fondo de sus ojos se alcanzaba a distinguir un horizonte, un atardecer en llamas en el salvaje oeste, un gran valle semidesértico rodeado por montañas inexploradas, sol abrasador, revólveres, buscadores de oro, caravanas de puritanos hambrientos, apaches vengativos, profetas iluminados, chinos enigmáticos, mexicanos desarraigados, charlatanes europeos ofertando curas milagrosas, toda la abyección y actitud de la gran California en esa mirada fastidiada de veterana del *hardcore*.

—Edi, ¿cuál es la diferencia entre erotismo y porno?

—En erotismo usas una pluma...

—En porno usas el pollo entero.

Viejos chistes guarros para relajar el ambiente.

—Acabemos esta basura. Y, por favor, contrata a un abogado.

Su cabellera anaranjada ardía como una hoguera. El Barracuda corría como si fueran los años setenta. Las palmeras nos ovacionaron durante todo el camino.

Así va este juego, Magda. Y faltaba la escena en donde Dan y Eva se reencuentran, se recriminan y se reconcilian. Un momento beatífico: la escena del arrepentimiento y del perdón. En porno, el tiempo es arena entre los dedos.

Cada rincón de los estudios Salsa Films estaba atiborrado de piso a techo con utilería y equipo. Los cargadores habían llenado las bodegas y comenzaron a colocar cosas en los pasillos en los foros. Hubo una reunión de emergencia en mi oficina. Joe el sonidista alegaba que la explosión le había dañado los tímpanos. Quería más ceros en su cheque. Él ignoraba que nuestra cuenta estaba, efectivamente, en ceros. Charly se encontraba al borde de un colapso psíquico. Las estaciones de policía no son un buen lugar para mi amigo Charly. Dan y Elsa se negaban a seguir. Se habían puesto de acuerdo. No era una cuestión de dinero. Simplemente no iban más. Era demasiado. Entonces habló la zorra del desierto. Habló de libertades y de lo que hay que pelear para conquistarlas, habló de lealtad, de autos usados, de comida tailandesa y de farmacias abiertas las veinticuatro horas, pero sobre todo habló de confianza:

—He aquí la palabra clave, muchachos: con-fian-za. Todos aquí hemos salido adelante gracias a la confianza que hemos depositado en Salsa Films. Escúchenme bien. Sé que están pensando que a Edi se le perdió un tornillo, y probablemente tengan razón, pero yo les pregunto: ¿acaso eso importa realmente? Por dios, chicos, hacemos porno. ¿Alguna vez nos hemos preocupado por la opinión de los demás? Tal vez ahora sea tiempo de los pequeños sacrificios, pero ustedes saben, y yo también sé, que pronto seremos los número uno de esta honorable industria y ustedes harán más dinero del que pueden llevar en sus maletines.

A mí me conmovió, pero eso era previsible. En mi estado de fragilidad emocional, un anuncio sobre la extinción de los osos polares y un comercial de seguros médicos me habrían llevado hasta las lágrimas.

—Esto no tiene sentido —dijo Elsa.

—¡¿Qué?! —exclamó Sonia—, ¿la nena nunca ha grabado de madrugada sin dormir después de un paseo por la estación de policía? Esto es porno, *mijita*, acostúmbrate.

—No me refiero a eso, hablo de la escena. El imbécil la abandonó cuando se encontraba en peligro. ¿Por qué Eva tendría que acostarse con ese cobarde hijo de puta?

Lo que faltaba: nuestra *edad legal* opinaba sobre el guión.

—Porque entre todo lo que le ha ocurrido —dije—, Eva recibió una hermosa lección: aprendió a perdonar.

—Porque Eva es ninfómana —corrigió Sonia—. Cuando tiene una verga enfrente es incapaz de razonar.

—Bueno, eso también.

Al final no recuerdo cómo los convencimos. Algo habremos prometido, seguro.

Te juro, Magda, que exploramos otras posibilidades. La zorra exprimió groseramente su celular, pero fue imposible conseguir una locación adecuada en las siguientes dos horas. Dan y Elsa comenzaban a llenarse de nuevas dudas, y una de las exigencias del oficio es pensar rápido. Por eso, amor, decidí grabar la última escena en la sala del departamento.

Dan encuentra a Eva en su sala. Él se siente un guiñapo. Sabe que se comportó como un cobarde. Pero así son las cosas. Simplemente, él no tiene madera de héroe.

Acción.

EVA (furiosa): Eres el peor hijo de puta que he conocido. DAN (con voz tierna y sacándose la verga): Si me quieres, acéptame como soy.

Eva ha pasado por la experiencia más escabrosa de su existencia y siente que después de esa noche, de algún modo, se ha convertido en otra persona.

La escena del perdón comienza con una mamada protagonizada por el entusiasmo juvenil de Elsa. Una mamada de antología. Yo mismo le entregaría el premio Nobel de la Paz si lo tuviera en mis manos. Cuando se monta sobre Dan, a todos nos queda claro que la Martel está motivada.

—OH, SÍ, OOOOH, SÍ, RICO, PAPITO, HÁZMELO ASÍ, OOOOOOH, síííí...

¿Quién podría prever que aparecerías en el umbral de la puerta, con el niño tomado de la mano, mientras Dan Solomon y Elsa Martel hacían la última escena sobre el sofá blanco que compraste el año pasado en Rodeo Drive?

Y Elsa, ejecutando una de sus posiciones imposibles, vociferando con artificialidad descontrolada:

—¡Ooooooh, síííí!

Fue aterrador, ¿no?

¿Qué pensaste?

—Cierra los ojos, nene, y cúbrete los oídos con tus manitas. El depravado de tu papi ha decidido trabajar en casa.

Y toda esta argumentación, ¿cambia en algo las cosas?

Estabas lívida. Supongo que el mocoso no alcanzó a identificar lo que ocurría. Contemplaba los pelos anaranjados de Sonia, (ella se levantó sonriendo como si te esperásemos para cenar). Te miré y en ese instante deseé con todas mis fuerzas sufrir un infarto cerebral.

—Sigue grabando, Charly, no te detengas.

—Muévelo así, así papi, asííí.

Pese a tu palidez, sonreíste, y cuando tu mirada se fijó en la mía había una rabia teledirigida. Eso me gusta de ti: si el suelo se abriera bajo tus pies, podrías mantener tu dulce gesto de sarcasmo bajo tu nariz respingada. Te inclinaste para decir algo al oído de Chris, dieron media vuelta y se fueron. Tu portazo quedó registrado en el audio de la película.

¿Sirve de algo agregar que soy un imbécil, un insensato, un mandril con mal gusto?

Supongo que no.

Nótese: una historia de perdón y reconciliación.

Terminamos de grabar la película unos minutos después de tu abrupta despedida. Desalojar el equipo del departamento se llevó los dos días siguientes. Aprovecho para informarte que la asociación de inquilinos envió un citatorio. Quieren saber qué fue exactamente lo que sucedió aquí. No he respondido.

Cuando los cargadores se llevaron el último baúl, el lugar estaba irreconocible. No había un solo objeto en su sitio original. Era como si me hubiese mudado a la vida de alguien más. Imagina por un instante que nunca nos conocimos en Las Vegas, en esa cafetería que conservaba el mobiliario original de 1964. Que no me hablaste de tus planes con la decoración de interiores, fumando cigarros y pasándote el pelo detrás de la oreja. Que no te conté nada sobre las extrañas costumbres de mis parientes mexicanos. Que nada pasó en el asiento trasero de un Buick destartalado.

Vuelve, Magda.

Te lo ruego.

Acéptame al menos como el cajero automático que he sido para ti los últimos diez años.

No tienes idea de cuántas cosas absurdas estoy dispuesto a hacer si vuelves a casa. Iremos a Nueva York, visitaremos tiendas y gastarás como histérica, volveremos con cantidades demenciales de zapatos y sombreros que hagan juego con tu amor propio, asistiré a las reuniones de padres de familia de la escuela y les explicaré que hago documentales sobre la vida silvestre. Iremos todos juntos al parque los sábados por la mañana; estoy dispuesto a ser parte de tus planes en un grado abyecto de servilismo, me declaro dispuesto a todo, pero no estoy capacitado para dejar mi trabajo. Soy un enfermo, un subnormal, ¿lo recuerdas?

¿Sabes cuál es la frase impronunciable en el porno?

Te amo.

Vuelve, Magda, seremos felices tú, yo, el dictadorzuelo, los peces sobrevivientes y la boa que debe estar construyendo su nido en tu ropero.

Verás.

Charly Prado y sus asistentes desmontaban las cámaras cuando descubrieron que el contenedor estaba vacío. ¿Recuerdas los seguros que se rompieron porque mi vida es intensa? La boa se deslizó con discreción de reptil, sumergiéndose en las profundidades del departamento. Francamente, no me atrevo a contrariarla. Supuse que tu acuario la atraería, pero no fue así. A veces la encuentro en el jacuzzi, pero la cabrona prefiere sitios íntimos y acogedores, como tu ropero. La estoy alimentando con cobayos, abundantes en La Garra.

¿Tus peces? Será mejor que lo corrobores por ti misma. Hoy por la mañana nos juntamos todos a boquear de un modo desesperado. Ellos también sobreviven a un hábitat turbio. Te necesitan, mi amor.

El insomnio prolongado mostró sus estragos psíquicos durante la fase de postproducción. Hasta ahora no me queda claro si el capitán Dis Big es el terrorista mafioso, las mercenarias insaciables son asesoras de la OTAN y Dan y Eva son experimentos genéticos mutantes. La trama es absolutamente lineal.

"Nunca permitas que el argumento interrumpa la acción." Creo que eso lo dijo un productor de comedias musicales. El tipo salvó a Hollywood de la recesión en los años treinta. "¡Hey, dejen de preocuparse por la tensión dramática, contraten cincuenta bailarinas y métanlas en una piscina!"

En realidad, pasamos la mayor parte de ese tiempo retocando amorosamente las estrías de Charo. Así como el cine hablado acabó con las divas gesticuladoras de los fabulosos veinte, y el cine en color destruyó las carreras de una generación de galanes cuarentones, ahora la alta definición está barriendo con la *pornstar* de fantasía. Con HD, un grano en una nalga es como un volcán hawaiano. No diré que la epidermis de Elsa Martel es un milagro de la regeneración celular, pero Margarita Tóxica y los editores se las ingenian.

El martes por la noche volví a casa. Tú no estabas. Por fin, después de casi una semana en vela, dormí a profundidad, como una criatura inocente. Al despertar no sabía si era de día o de noche. Bajé con la Mac y me encerré en esta cocina impregnada de confusión y silencio.

Entonces llamó Werner Coleman. Es un tipo interesante, te encantaría charlar con él. Dice que está en Rusia y que le acaba de encajar un lote de pinturas falsas, de un tal Monet, al comité de adquisiciones de un gran museo. Dice que los falsificadores con los que trabaja son unos prodigios. Emplean sólo los materiales accesibles para la época en que fueron hechas las pinturas. Lo investigan todo: las manías del pintor, el estilo personal, sus defectos motrices, adicciones, estados de ánimo, influencias. Se tardan años en terminar una pieza, pero han engañado a los expertos más minuciosos, y cobran millones de euros.

—Es extraño —me dijo—, Monet podía pintar un Monet auténtico, tenía el talento preciso para eso, pero con toda su técnica y su genio, le habría sido imposible pintar la falsificación perfecta de un Monet.

¿Quién chingados es Monet?

Lo realmente extraño es que Coleman estaba en verdad interesado en *Latinas candentes 6*.

−¿Lo hicimos, Edi? ¿Lo logramos? ¿Exploramos las leyes ocultas del deseo?

Me faltó estómago para informarle que su dinero había sido confiscado como evidencia en el Departamento de Policía de Los Ángeles, y que seguramente alguien estaba grabando la llamada.

¿Lo hicimos? No lo sé. No hay modo de comprobarlo. Nunca sabré si alguien del otro lado está atento a los detalles. Al final, no importa cómo dispongas la trama, el espectador entrará en el juego del fisgón. El invisible. Lo impulsa el deseo elemental de ser el otro, el que aparece en la pantalla ante una mujer en estado de disponibilidad absoluta. Si un día esa extraña situación se materializara en la mal iluminada recámara del espectador, ¿acaso no entraría en pánico? Él se conforma con fisgonear, eso puede hacerlo sin distracciones. Está dispuesto. Y no me refiero a los ociosos que miran ocasionalmente pornografía buscando excitación. La mas-turbación es sólo una coartada, un prosaico chute de endorfinas. Hablo del núcleo duro: los consumidores compulsivos, los adictos, los viciosos del porno que mantienen hábitos de dos, tres, diez películas por semana para sostener el equilibrio; los que se dicen: "*Man*, te estás pasando" cuando ya no pueden cerrar sus cajones abarrotados de sexo explícito. Los que guardan material pornográfico en las gavetas de la cocina, en el buró, sobre la caja del escusado. A esos maniáticos con ingresos fijos y hábitos regulares, a los leales que gastan más en porno que en su renta, a ellos va dedicada mi obra entera.

¡Vamos, muchachos, el sexo está en la mente!

Como el dinero.

Ahora los universitarios alquilan nuestra basura para redactar tesis doctorales. Ahora la filosofía se interesa en nosotros y los intelectuales hacen preguntas.

—¿Por qué el acercamiento clínico a los genitales?

—¿Por qué el esperma en la cara?

—¿Y la sumisión?

—¿Por qué un público mayoritariamente masculino demanda ver pitos en la pantalla?

—¿Acaso permanecen ahí ocultos misterios de la condición humana?

—¿De la mente?

—¿La psicología explica el porno?

—¿El porno explica la psicología?

—¿La economía del porno explica el capitalismo?

—¿Acaso están todos enfermos?

¿De verdad quieren enterarse? Pues bien, silencio en la sala, montón de ignorantes, aparten la mano de sus genitales, el profesor Edi Montoya dictará su cátedra. Insignes miembros de la academia, filósofos, intelectuales, periodistas, *voyeurs* y libidinosos, es más simple de lo que ustedes suponen: una vieja puta de San Luis Missouri me dijo alguna vez que la pornografía es para hombres que tienen una aventura amorosa con ellos mismos. Es la mejor definición que he escuchado. No más preguntas, por favor. La pornografía se explica a sí misma.

Adult Video Magazine calificó nuestro filme como "una extravagancia de Edi Montoya", y mi querida amiga

Nikky Prats, implacable crítica de cine tres equis, escribió un artículo en *Génesis* titulado "Qué diablos le ocurrió a Edi". Me entrevistaron para *Love Channel, Playboy, Hustler, Cel Porn, Sex Celebrities, Esquire, Rolling Stone, Vanity Fair*. A todos les dije lo mismo: "Estoy convencido de que el porno puede decir más de lo que se espera. La historia de este siglo la contaremos nosotros".

Latinas candentes 6 recaudó cuatrocientos cincuenta mil dólares en las primeras tres semanas, un récord para Salsa Films. En términos estrictamente económicos, nuestros cálculos resultaron acertados: perdimos la inversión. Si no fuera por el área de producciones *gonzo*, la compañía estaría aplastada por las deudas.

"Hola, me llamo Elsa Martel, soy porrista de los Chargers, tengo unos pompones, soy flexible y frívola. Lo único que motiva mi existencia es un descomunal pito caliente."

Pronto, *Latinas candentes 6* quedará sepultada bajo una acumulación incesante de imágenes sexuales. Ahora mismo, alguien que yo no conozco la está fragmentando en pedazos de veintiún minutos para distribuir en páginas gratuitas de Internet.

¿Qué si lo hicimos? Carajo, Magda, ni siquiera sé dónde voy a dormir esta noche.

Te manda saludos el detective Gillespi. Es una cortesía para adornar su sadismo. Un hombre dedicado a lo suyo. Quiere usarme para hacerle una pasada al FBI. Según él, los federales me investigan bajo dos líneas: lavado de dinero y tráfico de obras falsificadas. Si no me han detenido es porque aguardan a que dé un paso en falso. Me vigilan. Están convencidos de que tarde o temprano les puedo proporcionar un pez gordo. Por su parte, la policía de Los Ángeles quiere negociar. Gillespi dice que el fiscal podría joderme con dos años en prisión por resistencia al arresto, y otros dos por hacer estallar un vehículo en una zona urbana sin autorización. Están dispuestos a dejar las cosas en libertad condicional si colaboro con ellos en el asunto de los falsificadores.

Así es, mi amor, son los principios del azar de Montoya: me libré de un gran lío porque estoy metido en algo mucho peor. Sigo libre porque alguien en una gris oficina me está sobrestimando.

Mi abogado, un irlandés enorme que usa anillos de oro en los pulgares, opina que lo recomendable es huir del país. Al parecer ha llegado el momento de mi *mexican dream*. Yo lo haría, pero por ahora no dispongo de tiempo. Nos encontramos en pleno frenesí de *Latinas candentes 7*. Sonia consiguió un *Airbus* A319 de segunda mano por una razonable tarifa de alquiler. No es rentable, dirán los pesimistas; muy visto, dirán los envidiosos, pero qué tal esto: Dan y Eva cogiendo de pie, recargados en la compuerta lateral del avión a diez mil metros de altura. Los motores fallaron a causa de un sabotaje. Dan sólo lleva puesto el paracaídas y Eva la gorra del piloto. De pronto se abre el seguro de la compuerta. La pareja sale succionada hacia el cielo. En la siguiente toma sus cuerpos caen, resistiendo al viento mientras realizan un espectacular 69, girando en espirales de vértigo. El paracaídas se abre en el momento preciso del *cumshot*. El guión requiere de algunos ajustes. Lo haremos sobre la marcha. Mañana comenzamos a grabar.

Fernando Lobo (Ciudad de México, 1969), narrador y ensayista, ha publicado el libro de relatos *Traslados/ El expediente Baunman* (1999), las novelas *Relato del suicida* (Almadía, 2007), *No lo tomes personal* (2008), *Contacto en Cabo* (2009) y el ensayo *Sentido común, simulación y paranoia* (2012). Coordinó el Taller de Narrativa de la Biblioteca Henestrosa (Oaxaca, 2006-2010), donde realizó las compilaciones *Hebefrenia* (2009) y *Después del derrumbe, narrativa joven de Oaxaca* (Almadía, 2009). Durante el año 2012 fue becario del Programa de Estímulos a la Creación y el Desarrollo Artístico del estado de Oaxaca.

LATINAS CANDENTES 6

de Fernando Lobo
se terminó de
imprimir
y encuadernar
el 15 de mayo de 2013,
en los talleres
de Litográfica Ingramex,
Centeno 162-1,
Colonia Granjas Esmeralda,
Delegación Iztapalapa,
México, D.F.

Para su composición tipográfica se emplearon las familias Bell Centennial y Steelfish de 11:14, 37:37 y 30:30. El diseño es de Alejandro Magallanes. La impresión de los interiores se realizó sobre papel Cultural de 75 gramos y el tiraje consta de dos mil ejemplares.